B. L. N°

Carcassonne 1744.

LVCIANE

OV

LA CREDVLITE' BLASMABLE.

Tragi-Comedie Pastoralє.

DEDIE'E A MONSIEVR de Villemontée.

A POICTIERS.

Par Abraham Movnin, Imprimeur & Libraire, rue des grandes Escoles.

M. DC. XXXIV,

Auec Permiſsion.

A

MONSIEVR

DE

VILLEMONTE'E

CHEVALIER, SEIGNEVR de Montaiquillon, & Villenauxe, Conseiller d'Estat, Maistre des Requestes, Intendant de la Iustice en Poictou, &c.

ONSIEVR,

Mon jugement paraissant aussi foible en la composi-tion de ce Poëme, comme ma temerité paraist grande en vous le dediant; je ne sçay si je doibs appeller bon

EPISTRE

ou mauuais le Genie qui m'y pousse : ou plustost m'y
contrainct auec des raisons si fortes qu'il m'est impossible de m'en destourner. Et cela mesme faict
qui je doubte de l'yssuë de mon entreprise : & mon
esprit suspendu entre la crainte de ne vous plaire
pas, & le desir de vous seruir & de vous pouuoir plaire ; ne sçait si vous aurez cét ouurage a-
greable, puis qu'indigne de vous. Mais si vous
ne mesuriez les choses qu'à vosmerites ; & si vous
ne les estimiez grandes qu'en tant qu'elles sont
dignes de vous ; je n'eusse jamais pris ceste har-
diesse, qui sero· plustost vn indice de folie, ou
de vanité extreme ; que de quelque inclination
qu'on auroit pour vostre seruice. Car pour releuée
que puisse estre aucune chose de ceste sorte qui mesme procederoit des meilleurs esprits de ce temps,
lesquels ne produisent à present que des miracles;
elle seroit indigne & infiniment au dessous de vos
vertus, qui n'ont rien d'égal que vos actions si-
gnalées, qui en sont aussi les tesmoignages, qui
seules peuuent parler, comme il fault de vos lou-
anges ; & qui treuuent autant d'admiration côme
d'amour & de respect en les cœurs de ceux que
vostre renommée en rend informez. Ce sont ces
mesmes vertus, Monsieur ; lesquelles estans or-
dinairement les compaignes d'vn bon naturel ; font
que ie creray ma temerité excusable enuers vostre
bonté, qui n'aura pas tant d'esgard au present,

qu'à la bonne volonté de celuy qui veut viure &
mourir, s'il vous plaiſt.

MONSIEVR,

Voſtre tres-humble, tres affe-
ctionné, & tres obeyſſant
ſeruiteur

DE BENESIN.

ARGVMENT.

ELIDAN Berger s'e-
stoit acquis apres vn long
seruice l'amour mutuelle
d'vne LVCIANE Ber-
gere aussi, qui surpassoit
toutes les aultres de son
hameau, en les qualitez
qui rendent vne personne non seulement aymable, mais encore admirable. Vne autre Bergere nommée FELISE passionnée pour ce Ce-
lidan qui n'aymoit rien moins qu'elle ; taschoit
par tous les moyens qu'elle pouuoit inuenter,
d'amortir l'amour qu'il auoit pour Luciane,
(de qui elle se donnoit le nom de cõpaigne pour
couurir celuy de riualle) afin de le rendre plus
susceptible du sien ; & pour paruenir à ce dessein
elle taschoit de luy rendre la fidelité de Celidan
suspecte : luy persuadant, qu'vne Bergere nommée CLARICE receuoit les veritables effects
de l'amitié d'iceluy dont elle n'auoit que les
feintes. Pour confirmer ce soupçon, elle inuenta
vne ruse, qui fut telle. Vn Berger qui s'appelloit ELPIN estoit passionné pour ceste Felise

ARGVMENT.

qui pour ce subject mesprisoit les vœux que
Clarice luy addressoit : Elle fit instrument de sa
ruse ceste Clarice ; & soubs pretexte qu'elle luy
rendroit Elpin accessible, obtint d'elle qu'elle
feindroit la pasmée en la presence de Celidan.
Cela fut faict ; Celidan la croyant pasmée,
ainsi que la charité & la courtoisie l'obligerent,
la soustenant, la conduit en sa Cabane pour donner soulagement à son mal.   Ceste action reus-
sit au contentement de Felise ; qui fit en sorte
que Luciane l'aperçeut, & tomba en vne ferme
croyance de l'infidelité de Celidan : au lieu de
louer sa charité. Elle l'accuse sans luy specifier
aucun crime & luy deffend de jamais l'aborder:
luy touché d'vne deffence si sensible. sans sçauoir la cause de sa disgrace, &sans dessein de faire
paroistre son innocence ; ayant l'esprit præoc-
cupé d'vn desplaisir si inopiné : resoult de se pre-
cipiter ; estant sur le point de ce faire, il en fut
destourné par le combat encores plus inopiné
de deux Caualiers : qui de fortune arriuerent au
mesme lieu qu'il auoit esleu pour son precipice.
L'vn d'iceux s'appelloit ERASTE Escuyer de
l'autre, qui se nommoit ARMIDAN : lequel
fut mis sur la place d'vn coup d'espée reçeu par
cet Eraste, duquel Celidan apprit la cause de ce
combat auoir esté vne Bergere, dont entrants
en ceste contrée ils auoient esté espris en vn
mesme instant, pour ne se la vouloir ceder ny

ARGVMENT.

l'vn ny l'autre : selon le rapport plus ample
qu'Eraste luy fit des habits de ceste Bergere, il
cognut que c'estoit Luciane ; Il luy apprend la
cruauté d'icelle, auec la resolution du precipice
qu'elle luy faisoit prendre ; & mesme le pria, s'il
l'a pouuoit rencontrer, de luy dire qu'il l'auoit
desia executée. Eraste part d'auec luy auec pro-
messe de ce faire, & protestation d'auoir ceste
Bergere pour cruelle qu'elle peust estre. Il l'a
rencontre, & luy raconte la mort de Celidan:
qui estant incontinent diuulguée par tout le hameau, paruint aux aureilles de Felise : laquelle
voyant son dessein si mal reussi, poussée de desespoir se confesse coupable de ceste mort, descouure sa ruse & l'innocence de celuy qu'elle a
uoit accusé ; & ce, en la presence de Luciane &
d'Elpin : qui la cognoissant si pernicieuse quitte
l'amour qu'il auoit pour elle, & reçoit les vœux
de Clarice.   Luciane voyant Celidan innocent
regrette la perte d'iceluy, blasme sa Credulité
trop grande aux faux discours de Felise, & deteste contre elle. Pendant ce temps : Celidan,
voyant Eraste partir d'auec luy en resolution de
rauir Luciane ; perd celle qu'il auoit de se preci-
piter, afin de s'opposer au dessein d'iceluy. Pour
ce subjet, jugeant qu'il ne se pourroit sans combat, s'approche d'Armidan estendu sur la place
afin d'auoir son espée & pour mieux cacher son
dessein les habits d'iceluy le croyant pour mort;

mais

ARGVMENT.

mais il voit qu'il respire encore, auec l'aydé
d'vn Berger qui s'appelloit PHEDON, le sang
qui couloit de sa playe est estanché & luy conduit en la Cabane du mesme Phedon. Celidan
obtint de luy son espée & ses habits comme il
desiroit. En cét estat il attaque Eraste le ren-
contrant auec Luciane ; il le met en fuitte &
prenant Celidan pour son Maistre Armidan,
qu'il croyoit mort, est extremement estonné de
le voir de rechef sur pieds. Celidan est recog-
nu de Luciane toutesfois auec beaucoup de peine pour luy à cause de son deguisement; d'admiration pour elle & d'aise de le voir recouuert.
Eraste fuyant arriue en la maison de Phedon, &
reçeut pardon d'Armidan qu'il y rencontra
lequel recompensa Phedon & Celidan d'vn
anneau chascun pour le secours qu'il auoit reçeu
d'eux, & part du hameau auec son Escuyer. Felise obtint aussi pardon de Celidan & de Luciane
pour auoir accusé faulsement vn, & trompé a-
uec beaucoup de trahison l'autre. Phedon propose son mariage auec elle qui luy est accordé,
afin de gouster le mesme plaisir qu'Elpin receuoit auec sa Clarice, & Celidan le plus parfaict
des amants auec sa Luciane, laquelle, bien que
trop credule, & ayant faict tort à la fidelité d'i-
celuy, fut toutesfois si heureuse que de le posse-
der.

B

ELEGIE

A

MONSIEVR DE BENESIN.

'ATTENDS pas BE-
NESIN qu'en ces vers
ie m'amuſe,
A faire vn long diſcours,
de toy ny de ta muſe,
Que ie t'aille loüer, ce n'eſt
pas mon humeur,
Outre qué ie me ſens vn fort mauuais rimeur.
Faute des qualitez, qu'il faut, pour eſtre poëte,
I'admire le merite, & ma langue muéte,
N'oſe pas diſcourir, ſur le plus beau ſujet,
Car mes vers terniroient l'eſclat de leur objet,
Ie pcurrois comparer, ta belle LVCIANE,
A la Reyne d'Erice, à la chaſte Diane,
Dire qu'elle a paru, comme vn autre Soleil,
Que les ſiecles paſſez, n'ont rien vcu de pareil,
Dire qu'elle a rendu, tout le monde idolâtre,
Qu'on n'a jamais rien vcu, de tel ſur le theatre.
Mais à quoy bon cela, puiſque ſans contredit

Dans les plus beaux esprits elle a treuué credit.
Si bien qu'en la voyant, on fut contrainct de dire,
Qu'à moins d'estre ignorant, on n'en pouuoit mes-
                dire,
Et que ce qu'on disoit, de sa credulité,
N'estoit assez bastant, pour ternir sa beauté,
A cause que l'amour, àux esprits des Bergeres,
Fait aisement glisser, des creances legeres.
Ie pourrois dire aussi, que l'esclat de tes vers,
Te va faire admirer, en tout cét Vniuers.
Que ton stile est coulant, & que ta docte veine
T'inspire dans l'esprit, des vers sans nulle peine.
Que tu as reposé dessus le double mont.
Que tu fais mespriser ce que les autres font.
Tout cela ne dit rien, mon simple tesmoignage,
Ne te sçauroit pas faire estimer d'auantage.
Tu te despeins toy mesme, & tes rares escrits,
T'acquierent de l'honneur, parmy les forts esprits:
Et tu fais vne chose aux peintres impossible
En depeignant au vif, ce qui est inuisible:
Tu despeins ton esprit, & sa viuacité,
Paraist dans le pourtraict, de ta jeune beauté:
I'entends de LVCIANE, à qui ma chere A-
          MINTE
Ialouse au dernier point, veut former vne plainte,
Elle est mal partagée, & dit qu'elle n'a pas,
Autant que sa compaigne, & d'attraits & d'appas.
Elle est mal adjustée, & craignant de parestre,
La honte luy deffend de se faire connaistre,

Que si quelqu'vn la voit, seulement au logis,
De son rude discours, moy mesme je rougis,
Pensant à LVCIANE, à qui dans vne presse,
On fait tant les doux yeux, vn chascun la caresse,
Mon esprit tout rauy, dans son doux entretien,
Se mesprise, & se blasme, en admirant le tien.
Ie treuue en son discours, autant de politesse
Comme en celuy d'AMINTE, on treuue de ru-
      desse.
Elle a je ne sçay quoy, qui chatoüille les sens,
Mais l'autre a des appas foibles & languissans,
Elle chocque l'oreille estant peu courtisanne,
Qualité qu'on peut bien donner à LVCIANE.
Et je croy que dans peu, tu verras à la Cour,
Malgré son CELIDAN, qu'on luy fera l'amour.
Pour ne t'en point mentir, AMINTE en est fas-
      chée,
Si bien qu'elle se tient, dans le logis cachée.
Le temps apporte tout, peut estre qu'à son tour
Tu la verras plus leste aussi parestre au jour.

R. BONNEAV.

A L'AVTHEVR.
Sur sa Luciane.

Av chœur du Temple de Diane,
L'Autheur son Theatre a placé:
Minerue mesme l'a dressé
Pour faire admirer LVCIANE.
   Et pour la mettre en asseurance
Des enuieux & du malheur,
Il la consacre à la valeur
D'vn des Hercules de la France.
   Que reste-til à ces merueilles
Pour combler sa felicité:
Ceste fameuse Deité,
Tout œil, toute voix, toute aureilles.

M. HERSANT.

AV MESME.

Bel Esprit, il faut auouër,
Qu'on ne sçauroit assez louër
Les rauissants vers de ta muse:
Et malgré les loix du debuoir,
Mon insuffisance refuse
De satisfaire à mon vouloir
Veux-tu sçauoir pourquoy, pour louër des miracles,
Il n'appartient qu'à des oracles.

L. DELAVNAY.

Les Acteurs.

CELIDAN.	Berger.
LVCIANE.	Bergere.
ELPIN.	Berger.
CLARICE.	Bergere.
FELISE.	Bergere.
PHEDON.	Berger.
ARMIDAN.	Cheualier Errant.
ERASTE.	Escuyer d'Armidan.

LVCIANE
OV
LA CREDVLITE
BLASMABLE.

ACTE PREMIER.

SCENE I.

Celidan, seul.

PRES les longs deuis d'vne
    troupe ennuyeuse,
Dont le bruit me rendoit la
    journée odieuse :
Seul en ce lieu caché par mon
    dessein preueu,
Ie peux plaindre mes maux
    sans crainte d'estre veu:
Ie fuis la compaignée, & mon inquietude
Ne me permet ailleurs que dans la solitude;

C'est icy que ie peux mille fois reclamer
Cet object qui premier m'a contrainct à l'aymer,
Et deçillant mes yeux d'vn rayon de sa grace,
A faict mon cœur de feu qui n'estoit que de glace.
Estrange changement! dont vn si rare effect,
N'est propre seulement qu'à celle qui l'a faict:
Effect; qui ne prouient, d'aucune cause humaine,
Effect; ou mesme vn Dieu se trouueroit en peine.
Changer le froid en chaud! deux contraires si forts;
Et qui plus est encor sans monstrer leurs efforts,
Comme respectueux, vn chascun d'eux se range,
Soubs l'absolu pouuoir de celle qui les change.
Mon cœur glacé n'estoit d'aucun amour espris,
Et libre ie viuois au gré de mes esprits,
  Qui sans vouloir souffrir en eux rien de contraire,
Ne me donnoient de soing que celuy de leur plaire;
Auant que cet object qui me fait souspirer,
M'eust monstré qu'il falloit mourir ou l'adorer;
Object; de qui l'espece empreinte en ma pensée,
Me fit mettre en oubly ma liberté passée;
Et le mesme moment qui m'en voulut priuer,
Me fut le plus heureux qui me peust arriuer:
Puis que le plus grand bien que i'eusse sçeu prétendre
En de pareils liens, fut de m'y laisser prendre
Et pour le plus souuent consulter ma raison,
Ie n'en sçaurois trouuer que dedans ma prison;
Mais quoy c'est l'offencer seulement d'oser dire
Qu'Amant dessous le joug de ses loix ie souspire;
Puis qu'vn Dieu bien que grand en sa diuinité,
                              S'estimeroit

S'estimeroit heureux de cette qualité.
Pardonne moy Bergere? excuse si mon ame,
Esprise de ton feu n'en peut celer la flame:
Ie sçay qu'en descouurant ainsi ma passion,
C'est aussi descouurir mon indiscretion:
Mais iuge qui voudra mon humeur indiscrette
Ie l'ayme mieux souffrir que ma flame secrette;
Outre que ie la sens en vn brasier si beau,
Que rien ne l'esteindra si ce n'est le Tombeau:
Mais pourquoy le Tombeau: mesme malgré les Par=
                                    ques
Mon cœur en portera les plus fidelles marques
Car, iustes Dieux! par trop ce seroit me punir
Perdant l'object, d'en perdre aussi le souuenir.
Bergere? permets donc que dans mon ame atteinte
De ton feu, pour Iamais l'ardeur n'en soit esteinte:
Et qu'en bruslant aussi sans te mescontenter
Sans crainte, & librement ie m'en puisse vanter.
Mais pendant ces discours l'heure plus opportune,
Ou ie ioüis souuent de ma bonne fortune
S'approche: & ma Bergere ainsi qu'vn beau Soleil
Commencera tantost à nous monstrer son œil.
Phœbus prepare toy de chercher vn nuage?
Qui te puisse seruir à couurir ton visage:
Ou, n'aye plus de soing que desclairer les cieux;
Puis qu'vn autre Soleil esclaire ces bas lieux,
Ta lumiere aussi bien nous seroit ennuieuse;
Puis que nous iouïssons d'vne plus gratieuse:
Aupres d'elle ton iour nous seroit vne nuict,

Tes Rayons produiroient vne clarté sans fruict:
Quoy mes discours sont vains ? tu n'en fais point de
        conte ?
Ayme tu mieux souffrir ceste prochaine honte
Que de la preuenir ? non non cache ton front
Soleil ne vueille attendre vn si sensible affront.
Mais qui te faict tarder ? qui faict que tu differe
A m'attendre ; ha ! ie voy ; peut estre tu prefere
Ta honte : afin de voir cet object si puissant,
A l'honneur de ne voir ton rayon impuissant.
S'il est ainsi Soleil ? ton dessein j'authorise,
Ie te conjure aussi qu'au mien tu fauorise,
Et lors que jouyssant d'vn si cher entretien
Tu prolonge ton cours pour prolonger mon bien.
Lucia- Mais qu'entens-je venir, n'est-ce point ma Bergere.
ne pa- C'est elle ; cognoissons son humeur mensongere
rest.   Lors qu'elle dit son cœur n'estre d'amour touché
Cachons nous : nous pourrons sçauoir s'il est caché:
Car pensant estre seule. Elle est desia trop proche
Fuyons retirons nous au creux de ceste Roche.

ACTE PREMIER.

SCENE II.

LVCIANE. CELIDAN.

Luciane.

QVEL nouueau mouuement se glisse en mes es-
                    prits !
Dont le subit effort me rend le cœur surpris
De quelque passion qui ceste nuict passée
A troublé mon repos auec ma pensée.
Si le destin me fit viure jusqu'à ce jour.
Insensible aux tourments que nous cause l'amour:
Dedans la liberté d'vne humeur innocente
Indecente à l'amour, à mon âge decente.
Pourrois-je bien souffrir son violent effort ?
Que je ne succombasse à celuy de la mort.
Forcer mon naturel, c'est me priuer de vie :
Il faut doncques mourir plûstost qu'estre asseruie.
Non non ne le permets, courage ma raison ?
Expose-moy l'effroy d'vne telle prison ?
Pour en craindre l'abord ; & que dans mon courage
I'estouffe sans tarder ceste puissante rage ;
Afin que, pour mon bien, l'on ne distinguè pas
Sa naissance aujourd'huy d'auecques son trespas.

Ha Celidan !

Celidan.

O Dieux !

Luciane.

Estant
caché
dans la
Roche.

Tes beaux yeux m'ont faict rendre
Les armes dont j'ay sçeu si long temps me deffendre.
Que fais-je ? ha ! ie me flatte encor en ceste erreur.
C'est trop peu ; ie me flatte encor en ceste horreur ;
Ha ! ce discours me perd, & mon ame saisie
Semble se laisser vaincre à ceste frenaisie.
Non non mon jugement, oppose t'y, sois fort ?
Fais moy plustost resoudre à me donner la mort ?
Sers moy dans ce danger ? & ne sois le complice
De tous mes autres sens qui brassent mon supplice.
Mes yeux ? qui commettez plus de faute en cecy,
Pleurez vostre peché pour noyer mon soucy ?
Et fuyant cet object pour éuiter sa flamme
N'enuoyez desormais son espece en mon ame.
Ha Ciel ! je tasche en vain d'éuiter mon malheur
Voila ce beau Berger, he Dieux ! quelle couleur
De roses & de lys, son visage decore
Il vient : dissimulons.

Celidã
sort de
laroche
sans e-
stre veu
& faict
dubruit
apres e-
st e sor-
ty, &
Luciane
regar-
dant
derriere
ell: l'a-
perçoit
& parle.

Celidan.

Bergere que i'adore,
Le Destin te soit doux :

Luciane.

Fais en sorte Berger
Qu'il ne soit enuers toy plus qu'enuers moy leger,
Tu n'aurois le subject de former tant de plaintes.

Celidan.
Voyez comme elle veut vser desia de feintes
Mais ie cognois son cœur.
Luciane.

               Berger approche toy?
Ton cœur vit il encor soubs l'amoureuse loy,
Tes yeux ne sont ils point lassez de tant de larmes?
Voy tu dans ton object encore quelques charmes?
Celidan.
Ouy lors que je te voy:
Luciane.

            Ha! ce discours mocqueur
Me desplaist en cela car il dement ton cœur.
Celidan.
Ton incredulité dans ce subject m'afflige.
Luciane.
Mais ton discours, flateur plustost me desoblige.
Celidan.
Ouy puis que tu ne veux m'accepter pour Amant,
Luciane.
Ma liberté ne veut s'engager d'vn moment.
Celidan.
Qu'elle faict bien la froide.
Luciane.

           Vne trop forte flamme
Iamais ne trouuera de place dans mon ame:
Ie t'ayme: mais d'amour qui m'est indifferent.
Celidan.
Cruelle, c'est en quoy gist nostre different

Dit ces
d ux
vers
tout bas
en se re-
tirant.

dit tout
bas.

Mon cœur est tout de feu le tien n'est que de glace
Où la seule rigueur prend ordinaire place ;
Mais aussi bien que moy tu sçauras quelque jour
Combien l'on peut souffrir dessous les loix d'amour.

Luciane.

Ie ne sçay si tu m'ayme, & si ton ame atteinte
D'vne faulse amitié ne couue point de feinte.

Celidan.

Comment, pour n'en doubter, tu ne cognois assez
Mon cœur dedans mes pleurs & presens & passez?
Et peut estre futurs :

Luciane.

Non Berger je te jure
Que j'ayme mieux mourir que te faire vne injure.
Mon cœur se rend sensible aux traits de la pitié,
Mon cœur se rend sensible aux traits de l'amitié,
Si le tien toutesfois ton amour me conserue.

Celidan.

Ie me le suis prescript, il faut que ie l'obserue :
Et quand i'aurois l'esprit à l'extreme leger,
Il n'est en mon pouuoir de m'en desengager ;
Sa racine est trop forte, & mon ame trop stable
Ne sçauroit se noircir d'vn crime si notable.

Luciane.

Berger dans le progrez de ton affection
Ie sçauray bien juger si ce n'est fiction :
Et je laisse à ton soing vne recherche mesme,
Qui sonde les moyens pour sçauoir si je t'ayme,
Et si je voy ton cœur touché comme le mien,

Lors mon amour n'aura de reigle que le tien.
Celidan.

Que ta faueur m'oblige! & que tu me consoles
En l'entretien charmant de tes douces paroles!
Comment pourray je, ô Ciel! satisfaire à ce bien.
Luciane.

Ton amour reciproque en est le seul moyen,
Celidan.

Cela n'y suffit pas:

Luciane.

Quoy Berger? au contraire,
Autre chose en cela ne me peut satisfaire,
Car mon amour ne peut sans le tien subsister,
Resous toy seulement à tousiours persister.
Adieu

Celidan.

Comment Bergere?
Luciane.

Il faut que ie te quitte,
Ie crains qu'en m'arrestant ma Mere ne s'irrite,
Auiourd'huy tu pourras encores me reuoir
Dedans ce mesme endroit
Celidan.

Et l'heure:
Luciane.

Sur le soir.
Celidan.

Adieu donc doux object, Adieu chere Deesse,
Ton bel œil me laissant; mon ame aussi me laisse

Ce lourd corps seulement animé de l'espoir
Qu'impatient il a de l'heur de te reuoir.

Luciane.

Ie promets de finir dedans peu ceste attente
Adieu donc de rechef.

Celidan.

Ha que tu me contente!

ACTE PREMIER.

SCENE III.

ELPIN. CLARICE.

Elpin.

CE discours ou plustost ceste importunité
Bien loing de m'adoucir me rend plus irrité
Clarice? c'est en vain, ton esperance est vaine:
Où pense tu trouuer allegeance en ta peine?
En vn qui succombant à l'amoureux effort
Pour secours le plus seur n'espere que la mort,
Ie te conseille aussi d'en esperer de mesme
Plustost que d'esperer que quelque iour ie t'ayme:
Ou plustost, pour le mieux quitter ton amitié,
Auant que d'esperer en moy quelque pitié.
Celuy qui tous les jours au prix de tant de larmes,
En cherche dans le cœur d'vne de qui les charmes

Auecques

Auecques la rigueur conspirent son trépas
T'en pourroit-il donner puis qu'il n'en treuue pas.

Clarice.

Cruel? dont la rigueur ne m'est que trop cogneuë.
Enfonçe ce cousteau dans ma poictrine nuë?
Sois prest a me tuer, ie suis prest a mourir,
Car c'est le seul moyen qui me sçauroit guerir;
Bien que le seul subjet des peines que j'endure,
En mourant de ta main la mort ne m'est si dure:
Tu fus jadis l'autheur de mes premiers Amours,
Sois le donc maintenant de la fin de mes iours;
Si iamais tu reçeus de moy quelque seruice,
Rends moy le reciproque en ce dernier office,
Regarde ce cousteau? de qui la charité
Touché de mes douleurs s'exprime en sa clarté.
Ton cœur plus dur que luy qui me fut insensible,
Soit a ces derniers pleurs a tout le moins flexible
Tu vois que par iceux ie requiers seulement
Mon trepas de sa main & ton coutentement.
Tu ne me responds rien? ha! ce profond silence
Parle de ton mespris & de mon insolence
Il est vray, i'ay failly, ce fascheux entretien
Ne me sert qu'a troubler mon repos & le tien:
Mais excuse Berger ma passion trop forte?
Qui troublant ma raison m'agite de la sorte:
Clarice te desplaist? mais tu peux auiourd'huy
Finir d'vn mesme coup sa vie & ton ennuy.

Elpin.

Ta passion m'afflige, & ton discours m'offence

D

LVCIANE OV LA

Pour vser en tous deux de trop de vehemence
Bergere? hé pense tu pour m'offrir vn cousteau
Que ie voulasse faire vn acte de Bourreau:
Cherche vn autre remede a ta douleur extréme,
Si i'en voulois vser ce seroit pour moy mesme:
Mon mal est assez grand pour desirer la mort.

Clarice.

Ton mal est assez grand, mais le mien est plus fort,
Puis que dans la fureur dont mon ame est saisie
Il change ma raison en vne frenesie:
Et le tien, bien que grand a tousiours la raison
Qui te faict trouuer doux les fers de ta prison.

Elpin.

Que n'en fais tu de mesme?

Clarice.

ha! cruel tu m'outrages

Ce discours seruira pour augmenter ma rage,
Comme vn cruel arrest il me prescript la mort:
Approche donc c'est toy qui dois finir mon sort,
Ton cœur me fut cruel, que tes mains plus humaines
Fassent de ce cousteau l'ouuerture en mes veines
C'est le moins que tu puis? pour noyer mes douleurs
Faire ondoyer mō Sang cōme autresfoys mes pleurs?
Tu ne commettras point vn'action perfide,
Tu seras charitable au lieu d'estre homicide
Ha Dieux! ie n'en peux plus ha ce dernier effort
Finira mon tourment, & ma vie, & mon sort:
I'ay dé dans ma Fureur, & dans ta tyrannie
Dequoy trouuer la mort, que ta main me denie

Elpin.

Bergere quel transport excite tes esprits
Responds moy ton Elpin est pour toy sans mespris
O grands Dieux! n'espargnez icy vostre assistance?
Iustes ne punissez vne telle constance.
Au secours.

ACTE PREMIER.

SCENE IIII.

FELISE, ELPIN, CLARICE.

Felise.

QV'ay-ie ouy quels funestes propos:

Elpin.

Le soing des Dieux t'ameine icy fort à propos,
Affin de me tirer de cette extréme peine:
Auance promptement à la proche fontaine
Pour apporter de l'eau;

Felise.

d'où vient cet accident?

Elpin.

Tu le sçauras apres, va viste cependant
Que ie la soubstiendray;

Felise.

en ce lieu ie suis prompte.

D ij

De peur qu'en m'arreſtant le mal ne la ſurmonte.
Berger voicy dequoy?

Elpin.

Iette la promptement,
Pour pouuoir exciter pluſtoſt ſon ſentiment.

Feliſe.

Elle treſſault deſ-ja,

Elpin.

ta venuë opportune
M'a bien ſeruy.

Clarice.

grands Dieux! quelle main importune
S'oppoſe a mon bon-heur? n'auois-ie pas aſſez?
Souffert, ſans plus de mal, dans mes trauaux paſſez.
Vn ſecours en cecy ne me ſert que d'outrage,
Ha! Berger, tu me veux affliger d'auantage,
Car c'eſt me tourmenter de nouueau dans l'effort,
Dont tu retiens le bien de ma prochaine mort.
Au moins ſi ta rigueur n'eſt encore aſſouuie?
Qu'elle trouue ſa fin, dans celle de ma vie?
Mais bien loing de m'ayder tu ne la veux finir,
Que lors que tu ſeras laſſé de me punir.
Mais ois-tu Berger; helas ma fantaiſie
Eſt encore troublée en cette freneſie :
Mes ſens ne ſont remis, & mon œil menſonger
Se feint vne Bergere en l'objet d'vn Berger.

Feliſe.

Tu ne te trompe point, Clarice, c'eſt Feliſe;

Clarice.

Pardonne a ce transport, où la douleur ma mise
Chere sœur; dans l'exces de mon mal si recent,
L'objet qui me le faict, m'est tousiours plus present.
Felise.

Quoy! persister tousiours dedans ta Tyrannie?
Estime tu, Berger, qu'elle ne soit punie?
Qui resiste a l'Amour d'vn courage si fier
Au mespris d'vn tel Dieu semble le deffier.
Elpin.

Il est vray, tu dis bien: & cette mesme offence
Que tu viens m'obiecter me sert d'vne deffense:
Tu te conuaincs de crime en pensant m'accuser:
Dis moy? qui te faict donc ingratte refuser
Les feux dont ce grãd Dieu pour toy bruste mõ Ame.
N'est-ce pas encourir ainsi le mesme blasme?
Et n'estant point sensible a mon affection
Meriter iustement vne punition.
Felise.

Cet Amour qui iamais ne m'inspira ta flame,
Qui fit pour ne t'aymer insensible mon Ame,
Ne sçauroit me punir d'vn iuste chastiment,
Il me fit sans pèché comme sans sentiment.
Elpin.

Ie voy tu veux fournir d'armes pour me deffendre
Clarice.

Ha! cruel vn vainqueur n'a plus besoing d'ê prêdre:
Triomphe seulement de ma chaste amitié.
Elpin.

Que Felise plustost me regarde en pitié:

S'appro
chant
d'Elpin

Felise.

Te regarde en pitié: ce seroit vne offence
D'vser pour vn cruel comme toy de clemence.

Elpin.

Helas! quand finira la douleur qui me point:

Clarice.

Quand tu n'aymeras plus ce qui ne t'ayme point:

Elpin.

En for-
tant.

Ie n'attends donc sa fin qu'en celle de ma vie,

Felise.

Ma Sœur c'est trop long temps demeurer asseruie
Au joug de ce cruel; j'ay dedans mon pouuoir
Dequoy te rendre heureuse & dequoy l'esmouuoir:
Si tu veux m'obliger en vn petit office:

Clarice.

Ma Sœur, pour vn tel bien qu'est-il qui ie ne fisse:
Commande seulement & sans autre soucy
Tu verras.

Felise.

     Celidan se doit tost rendre icy:
Il faut que lamentant ta peine accoustumée
Tu m'oblige en feignant deuant luy la pasmée:
Si cela reußit ainsi que je l'attends
Asseure toy d'atteindre au bien que tu pretends
Ie ne descouure point le but de ceste affaire,
Tu le sçauras apres, resous toy de le faire.

Clarice.

Allons, ma Sœur allons, tu verras cét effect
Esgal à ton dessein, allons cela vaut faict.

ACTE DEVXIESME.

SCENE I.

LVCIANE seule.

MOV E conduit mes pas
    aussi bien que mon ame,
Mon œil ne prend de jour que
    celuy de sa flame,
Depuis l'heureux moment
    qu'il embrasa mon cœur
Insensible jadis d'vn Berger
    mon vainqueur.

I'espreuue en le voyant de si charmants delices,
Que viure sans le voir, c'est viure en les supplices.
Ie sçay que le plaisir qu'il conçoit de me voir
A dessus ses esprits vn semblable pouuoir:
Si bien que soubs le joug d'vne mesme Fortune,
L'ame dans nos deux corps est vnique & commune.
Mon œil blesse le sien, le sien d'vn mesme sort
Fait sentir à mon œil vn amoureux effort.
Le desir de le voir me meine en ce bocage,
De qui les arbres verds nous presteront ombrage
Lors qu'estant arriué d'vn charmant entretien

Heureux il redira son amour & le mien.
Belles fleurs dont l'émail decore ceste pleine.
Enuoyez vostre odeur en l'air de son haleine :
Vous herbes redoublez l'esclat de vostre verd,
Qu'Aurore de ses pleurs n'aguer' auoit couuert :
Et toy sacré ruisseau : de qui l'onde argentine
A mille fois esteint la soif de ma poictrine,
Redouble ton murmur à trauers des roseaux,
Pour faire redoubler le doux chant des oyseaux.
Comment ! il ne vient point ; peut estre qu'il som-
       meille :
Ie vous prie Zephirs soufflez en son oreille,
Que je l'attens icy, qu'il vienne promptement,
Que c'est trop differer à mon contentement.
Lors qu'il sera venu quelque veu qu'il m'adresse,
I'accuseray tousiours vne telle paresse.
Quel subject toutesfois l'auroit bien empesché ;
Non, il n'est point d'excuse apres vn tel peché :
Son peu d'amour parest dedans sa negligence,
Et le mien parest trop dedans ma diligence.

ACTE DEVXIESME

SCENE II.

LVCIANE. FELISE.

Felise.

CE seroit meriter mille foys le trépas,
Que sçauoir cet affront & ne luy dire pas?
Traistre? n'espere point l'ayde de mon silence,
Tu trouble mon esprit de trop de violence;
Estime moy plustost sans cœur & sans raison
Que me crere complice a cette trahison.
Il faut auparauant de trahir ce que i'ayme
Que mon esprit consente a me trahir moy mesme.

Feignãt de ne voir Luciane.

Luciane.

Vn discours si douteux glace mon sang de peur.

Felise.

C'est acte de vertu de tromper vn trompeur.

Luciane.

Il faut que ie l'aborde, & qu'elle m'esclarcisse
De ce doute qui tient mon ame en le supplice,

Felise

Elle la prend par le bras.

Felise.

ha! quel demon t'a dans ce lieu conduict
Ma Sœur, tu marche bien sans exciter du bruit

E

Ie te croyois plus loing: toutesfoys la fortune
Nous rend aucunement ta venue opportune.
Opportune? ha ma sœur! cette opportunité
Se changera bien tost en importunité:
Mais quoy si ie célois vn crime si notable,
Ce seroit m'accuser & me rendre coupable.

Luciane.

Au moins, ma chere Sœur, sans me dissimuler
Descouure ingenuëment ce qui te faict parler;
Deliure moy de doutes, autrement a cett'heure
Mon ame en ce suspens quittera sa demeure:
La frayeur m'a saisi, car il y a long temps
Que du coing de ce pré-craintifue ie t'endens:
Et c'est le seul subiet qui vers toy ma rendue,
Cesse donc de tenir mon ame suspendue?

Felise.

Mais cesse de vouloir m'arracher vn propos,
Dont le subiet ne peut que troubler ton repos
Veux tu dans ce rapport que ie te des-oblige?

Luciane.

Mais plustost en cela ton silence m'afflige.

Felise.

Ie ne sçaurois, ma Sœur, contenter ton desir,
Qu'en recherchant ton mal auec mon desplaisir:
Mon esprit agité de mouuement contraire,
Tantost me faict parler, & tantost me faict taire:
Si ie parle ma voix te promet le trépas;
Te peux ie donc aymer & ne me taire pas:
Mais peux-ie en ce subiet obseruer le silence

Et t'aymer? non c'est trop, c'est cōmettre vne offence
Contre noſtre amitié, de qui l'eſtroict lien
Faict que ton intereſt m'eſt cher comme le mien.
Contraire extremité! puis que la force aduerſe
De l'vne, veut baſtir ce que l'autre renuerſe.
Mes ſens en ſont troublés, & l'alteration
Qui les maiſtriſe ainſi leur deffend l'action.
Dieux! preſtez voſtre main & me tirez de peine.

Luciane.

Feliſe? c'eſt par trop me tenir incertaine:

Feliſe.

Tu le pourras ſçauoir d'vn autre que de moy

Luciane.

Apprends qu'en le celant tu viole ta foy:

Feliſe.

Sçache auiourd'huy comment ton ame trop bleſſée
Se voit en ſon amour bien peu recompenſée.
L'ingrat qui ſe diſoit de ton amour eſpris,
Au lieu de t'adorer te paye d'vn meſpris;
Il bruſle pour vn'autre, & faict naiſtre en ſon ame
Par la mort de la tienne vne nouuelle flamme;
Vn autre eſt ſon objet & par vn doux trépas
Laiſſe rauir ſa vie au bien de ſes appas;

Luciane.

Celidan m'a trahy! Dieux! ma raiſon m'exprime
En le croyant ainſi, que ie commets vn crime
Ie le croy tellement ferme dans ſon amour,
Qu'il prefere ſa perte a celle-la du iour:
Pourroy-ie bien douter apres tant d'aſſeurance

Non, son amour persiste auec mon esperance:
Il est encore mien il vit dessous ma Loy:
Mais quoy! ie te demens si ie sauue sa foy:
De le croire autrement, c'est te faire vne iniure
Ainsi qu'en te croyant ie l'appelle pariure.
Dieux se pourroit-il bien qu'apres tãt de vœux faits
Son Amour m'en fist voir de contraires effects
Il ne se peut

Felise.

Hé bien que dans l'incertitude,
Ton esprit soit touché de double inquietude
Adieu ie n'en dis plus.

Luciane.

Dieux! arreste tes pas:
Donne moy sans tarder la vie ou le trépas,
Tu le peux dißipant le doute ou ie me treuue
Felise.

Si de ce que ie dis tu veux mon œil pour preuue,
Il en est seul tesmoing, ie n'emprunte d'ailleurs
Ce qui cause mon mal, außi bien que tes pleurs
Car ta douleur me touche: & la mesme fortune
Qui te faict souspirer m'afflige & m'importune.
Croy donc sans plus douter, que Célidan rauy
Iadis en tes appas, est ailleurs asseruy:
Que Clarice luy plaist, qu'en son amour nouuelle
Il forme tous les iours de nouueaux feux pour elle.
Pour t'en mieux asseurer i'auray bien le pouuoir
Dans peu de temps d'icy de te le faire voir
Tu ne prendras alors mon discours pour friuolle

L'exces de sa douleur luy deffend la parolle:
Que le Destin m'oblige! &c. commencement
Promet à mon dessein vn bon euenement:
Il faut voir si la ruse aura de l'efficace,
Ou la sincerité n'a sçeu trouuer de place.
Celidan ce cruel dont l'esprit indompté
Exerce sa rigueur dessus ma volonté,
Fait naistre tous les iours mille feux en mon ame,
Dont apres insensible il refuse la flamme :
Et nullement atteint de mes viues douleurs,
Il cueille son trophée ou ie séme mes pleurs.
Ie sçay que cette-cy tient son ame enlassée:
Coment pourray ie donc captiuer sa pensée?
En son amour vnique il ne veust qu'vn objet:
Mais si le Ciel se rend propice a mon projet
I'espere de tirer du mal de leur discorde,
Que subtile ie feins, le bien de ma concorde.
Luciane aura bien le subjet de hayr
Celidan, qu'elle croit qui la voulut trahir
Luy, se voyant long temps poursuiuy de sa hayne,
Changera son amour pour terminer ma peine:
Et sensible aux douleurs qu'il me fit autres-foys
Finira la rigueur du sort ou ie me vois.
Mais le voyla qui vient vsons de mesme ruse
C'est bien faict d'abuser celuy qui nous abuse.

Gelidā
entre.

ACTE DEVXIESME.

SCENE III.

CELIDAN, FELISE.

Celidan.

Croyāt
trouuer
luciane

TV pourras m'accuser Soleil de mon beau iour,
De trop de negligēce, ou de trop peu d'amour?
Moy, ie dois accuser vne trouppe importune,
Qui peuteftre ialouse à ma bonne fortune,
Ma long temps retenu dedans son entretien,
S'attribuant a tort ce qui doit estre tien.
Qu'elle excuse absoudra ma faute trop cogneuë?
Mais ie ne te voy point, t'auray-ie preuenuë?
S'il est ainsi, i'auray subjet de t'accuser
Au lieu que i'en cherche vn qui me puisse excuser.
Ie voy pourtant des pas imprimés sur le sable
Si tu m'as preuenu ie suis inexcusable.

Felise.

Elle l'a-
pelle
estant
cachée
en le bo
cage.

Berger, Berger?

Celidan.

qu'entends-ie?

Felise.

helas! c'est vne voix
Qui cent fois a frappé ton oreille en ce bois,

Pour exprimer l'ardeur dont mon ame est atteinte,
Et preste de former encore vn'autre plainte.
Quoy tu t'estonne Helas! ie lis dedans tes yeux
Que tu rencontre icy ce qui t'est ennuyeux.
Ie ne suis Luciane, il est vray, car mon ame
Brusle pour ton amour d'vne plus viue flamme:
Et bien loing de m'aymer d'vn amour mutuel,
Tu rends plain de rigueur mon mal continuel,

Celidan.

Ton fascheux entretien a de trop foibles armes,
Et ton œil peu plaisant n'a pas assez de charmes,
Pour me pouuoir rauir; Felise? mon Amour
N'aura iamais de fin que celle de mon iour,
La beauté que ie sers m'en proteste de mesme

Felise.

Ouy bien de te payer d'vne douleur extréme
Apres vn long seruice; & tu ne pense pas
De voir tous tes plaisirs si proches du trespas

Celidan.

Comment! iamais mon Ame en l'ardeur qui l'agite,
N'eut plus de recompense en si peu de merite:
Ma Bergere se plaist au bien de mon plaisir,
Et ne forme ses vœux qu'au gré de mon desir:
Son Cœur conforme au mien d'vne amour non com-
mune
Ne respire aujourd'huy que ma bonne Fortune.
Mais douteux i'apprehende en mon retardement
Que ie n'aye auancé mon mescontentement.
Dieux! c'est mal obseruer la loy qu'elle m'impose.

Felise.

Elpin ressent l'effet de ce que tu propose,
C'est luy qui la rauist, elle vit soubs sa Loy.

Celidan.

Ces discours sont trop vains pour esbranler ma foy,
Cherche vn autre subjet pour fonder tes finesses,
I'y trouue de la force autant qu'en tes caresses:
Ils font perdre le temps: veux tu m'obliger mieux?
Dis-moy? n'as-tu point veu ma Bergere en ces lieux
Deliure mon esprit de son inquietude?

Felise.

C'est bien le meriter par ton ingratitude.

Celidan.

Mais Felise? veux tu que ie tache mon nom
En changeant mon Amour d'vn infame renom?

Felise.

Amour n'a point de Loix qui n'excusent le change.

Celidan.

Mais il faut demeurer ou son pouuoir nous range.

Felise.

Comment estime tu que nostre liberté
N'ait le pouuoir d'agir quand on est arresté?
Ie dis dessoubs ses loix: non Berger ie te iure
Qu'il ne sçauroit en rien changer nostre nature
Puis que libre de soy suiuant son mouuement
Sans blasme on peut changer de moment en moment

Celidan.

Ha! ie te prends par là: puis que l'on peut sãs blasme,
Changer à chasque objet ou nous pousse nostre ame

                                        Pourquoy

Povrquoy ne change tu ? Pourquoy la mesme ar-
    deur
Occupe si long temps vne place en ton cœur ?
Felise.

Ne t'imagine point que la crainte du blasme,
Me fasse si long temps persister en ma flamme,
C'est mon vnique instinct auecque tes apas
Que ie ne puis quitter sans courir au trépas
Celidan.

Dessus quelque subject que ton discours se porte,
Tu ne sçaurois trouuer de raison assez forte,
Aussi qu'il ne se peut: pour me faire estimer
Qu'il soit en le pouuoir d'estre libre & d'aymer.
Felise cesse donc cette vaine poursuitte ?
Au lieu de m'attirer tu m'inspire la fuitte:
Et recours aux conseils que donne la raison,
Pour tirer ton esprit d'vne telle prison,
Ton merite assez grand te donne vn aduantage,
Qui te faict captiuer Elpin soubs ton seruage:
Tu sçais que ce Berger merite plus que moy:
Cesse donc maintenant de desdaigner sa foy
Tu le peux en cessant l'amour que tu me portes
Felise

Ouy bien s'il m'attachoit à des chaisnes moins fortes
Oultre que cet Elpin ne vit pas sous ma loy,
Puis qu'il cherist l'object que tu pense estre à toy,
Qui, bien que tu luy garde vne ame si constante,
Qui ne respire rien que ce qui le contente,
Sous la faulse couleur d'vn apparent accueil,

E

Au lieu d'vn lit d'amour te prepare vn cercueil,
Celidan.
A quoy tout ce discours?
Felise.
pour t'estre profitable,
Si tu t'en sers.
Celidan.
autant comme il est veritable
Felise.
En s'en
allant.
A dieu tu cognoistras ton erreur & ma Foy.
Celidan.
I'aie tiens pour suspect tout ce qui vient de toy.
Toutes-foys ô grands Dieux! cette Fille importune
Me vient icy troubler en ma bonne fortune
Son discours ma laissé dans des extremitez
Qui me rendent vaincu de contrarietez
Clarice
entre.
Ie veux & ne veux pas, mais qui viët c'est Clarice.

ACTE DEVXIESME.

SCENE IIII.

CLARICE, CELIDAN.

Clarice.

Feignãt
de ne
voir Ce
lidan.
NE trouueray-ie point de fin dans le supplice?
Que me fait endurer la rigueur d'vn amãt,

Qui s'aigrist contre moy de moment en moment.
Quel astre si fatal faict par son influence
Sans cesse accompagner mon mal de violence?
Et sans donner relasche au tourment qui me peint
Le pousse, sans ma mort, iusques au dernier poinct

Celidan.

Bergere desolée !

Vn peu
retiré.

Clarice.

　　　　au moins si dans ma peine
La mort de qui i'attends ma guerison certaine
S'offroit à mon secours; i'aurois ce reconfort
Pour éuiter l'amour d'auoir trouué la mort,
Mais puis que tout me nuist, que riē ne m'est propice,
Elle veut espargner enuers moy son supplice,
Sçachāt biē qu'il n'est point que de maindres ennuys
A ceux que ie ressens dans l'horreur ou ie suis:
Que le Ciel qui n'est pas lassé de me poursuiure
Pour endurer beaucoup me laisse beaucoup viure
Mais.

Celidan.

Clarice?

Clarice.

Ha! Berger qui te croioit icy

Celidan.

Tu pensois estre seule en pleignant ton soucy

Clarice.

Tu dis vray, i'estimois que cette solitude
Ou se plaist vn esprit touché d'inquiétude
Ne pourroit receler le sien, sur qui le ciel

Il s'ap-
proche
d'elle.

E ij

Verse plain de douceur tout ce qu'il à de miel.
Celidan.

Ie confesse, à present que ie voy ma Bergere
Aussi ferme à m'aymer comme elle fut Legere:
Et que ie voy son cœur s'ensible à mes douleurs
Finir sa cruauté pour finir mes malheurs,
Qu'elle ne se plaist plus en le nom d'inhumaine,
Espreuuer plus de bien que ie ne fis de peine.
Clarice.

Si le ciel fauorable à mon soulagement
Causoit en mon cruel vn pareil changement!
Qu'il ramolist son cœur, qu'il le rendist sensible!
Ou que pour luy plustost il me fist insensible
Que de grace grăds Dieux! mais c'est trop me flater
Dedans vn si grand bien que de le souhaitter:
Il faut suiure la loy qui me tient asseruie,
Il faut que mon malheur accompagne ma vie;
Et tant que l'air fera mes poulmons respirer,
Il se monstre tousiours prompt a me martirer.
Celidan.

Vn pareil desespoir à bien saisy mon ame,
Alors que ie bruslois d'vne pareille flamme;
Et que ma LVCIANE inflexible à mes vœux
Redoubloit sa rigueur pour redoubler mes feux.
Mais maintenant ie voy ma fortune changée,
Ie voy dessoubs mon ioug ma Bergere rangée,
Et mes maux dissipés font place à mes plaisirs:
Et voy l'effet suiuy de mes plus chers desirs.
Rien n'est fixe icy bas; tout change, & la fortune

,,Vn iour se rend propice à ceux qu'elle importune:
,,Et ceux que des long temps elle à fauorisez,
,,Sont subjets à la fin de s'en voir mesprisez.
Espere donc Clarice? espére

Clarice.

que i'espere:

D'esprouuer quelque iour la fortune prospere,
Helas! Berger ie croy dans le mal qui me poins
Que l'espoir le plus seur est de n'esperer poins.

Celidan.

Le temps & la raison esteindront cette flamme.

Clarice.

Berger, ce feu se rend si conforme a mon ame
Que le cours des saisons ne sçauroit l'amortir
Il redouble grands Dieux! & loing de s'alentir
Il me rauist ma force & me laisse sans vie.

Celidan.

A qu'elles loix te rend le destin asseruie
Bergere helas! ton mal m'afflige extremement:
Mais taschons de donner remede à ton tourment

Elle feint la pasmée.
La sou-stient.
Luciane entre,

F iij

ACTE DEVXIESME.

SCENE V.

Luciane.

Voyant
Celidã
qui fou
ftient
Clariee
& la cõ
duit, ce
qui luy
confir-
me le
menfon
ge de
Felife.

QVel fpectacle grands Dieux! grand Dieux!
    ie vous attefte,
  Si fa defloyauté, ne m'eft pas manifefte.
Ie voy, ie voy c'eft faict; il n'en faut plus douter,
Il ne faut plus de langue à me le rapporter,
I'apperçoy maintenant ma faute & fon offence:
De quel front pourra-til tramer vne deffence?
Lors que luy reprochant vn fi lafche forfaict,
Il me voudra nier qu'il ne l'aura pas faict:
Mais vn crime fi grand n'eft en rien excufable,
Mes yeux me rendent fourde en le rendant coupa-
    ble.

ACTE TROISIESME.

SCENE I.

LVCIANE FELISE.

Luciane.

L eſt vray, chere Sœur, ce
perfide ſans Foy
Ce traiſtre, cet ingrat, n’a
plus d’amour pour moy:
Ie cognois maintenant ton
rapport veritable,
Rapport, qui m’euſt eſté grã-
dement profitable,
Si mon eſpritmieux faict dedans ſa paſſion
Euſt eu plus de creance ou moins d’affection :
Mais mon ame aueuglée en ſon amour extréme
Me le faiſoit iuger conſtant comme moy meſme ;
Et prenant ſes diſcours pour Oracles certains
Ie le croiois pouuoir triompher des deſtins.

Feliſe.

Prends toy pour vn Deſtin, & tu le pourras croire
Puis qu’il emporte ainſi deſſus toy ſa victoire.

Luciane.

Il est vray, toutes-fois: iamais, iamais mon cœur
Ne le confessera pour estre mon vainqueur:
Puis que mon amitié pour luy toute estouffée
Luy oste le subjet d'eriger son trophée;
Et que peut estre vn iour fasché d'auoir changé
Encor ie le verray dessoubs mon ioug rangé.

Felise.

Pourquoy te flatte tu d'vne vaine esperance?
Croy tu s'il n'eut pour toy de la perseuerance
Qu'il se monstre semblable à celle qui le tient?
Nullement.

Luciane.

Brisons la, i'entends quelqu'vn qui vient.

Elpin
entre &
elles se
retirent
vn peu.

ACTE TROISIESME.

SCENE II.

ELPIN, LVCIANE, FELISE.

Elpin.

sans les
apper-
ceuoir.

O Voy! feras tu tousiours adorable Felise
  Me captiuant soubs toy la guerre à ma
    franchise?
Faudra-til que les traicts de ton œil si charmant
De libre que i'estois me changent en Amant?

Felise.

Felise.

Mais faudra-til tousiours qu'en quelque lieu que
   t'aille,
Sans cesse me suiuant, sans cesse il me trauaille.
Ma Sœur retirons nous laissons cet importun.

Elpin.

Hé Dieux! ou fuyes vous? ô rencontre opportun!
Au moins ma belle, Helas!

Felise.

       laisse moy ie te prie?
Tu m'es desagreable en cette resuerie
Tout ce que tu peux faire est inutilement.

Elpin.

Ie ne pourray iamais vous vaincre?

Felise.

         Nullement.
Mon cœur pour toy tousiours ne sera que de Roche,
Qui iamais n'aborra rien plus que ton approche.

Luciane.

Ha c'est estre cruelle:

Felise.

      Et luy sans sentiment.

Elpin.

Dieux! ie ne souffrirois vn si cruel tourment.

Felise.

Ie te dis sans raison: puis que mon œil t'offence
Pourquoy donc ose tu venir en ma presence
Rien ne m'est si horrible:

Elpin.

G

                    Et rien ne m'est si doux
Que d'estre incessamment, cruelle, aupres de vous.
                         Felise.

Tu tires donc ton bien de ce qui m'est nuisible?
Dieux! que n'es-tu pour moy tout à faict inuisible
                          Elpin.

Que n'estes vous plustost plus s'ensible a mes pleurs
Commençant à m'aymer pour finir mes douleurs
                          Felise.

Ie ne ressens que trop ta poursuitte importune,
Capable de troubler ma meilleure Fortune.
                          Elpin.

Hé bien cruelle, hé bien: quoy que vostre rigueur
Croisse de iour en iour pour croistre ma langueur
Mon amour toutesfois en rien ne diminuë.
                          Felise.

Ha! ceste verité ne m'est que trop cogneuë;
Ie voudrois que pour moy tu n'eusse point d'amour.
                          Elpin.

Ie serois donc priué de la clarté du iour,
Qui me vient des rayons qu'espend vostre visage.
                          Felise.

Ie t'en veux donc priuer: ha! que je suis peu sage
De m'estre retenuë en ce lieu si long temps:
Adieu, c'est trop t'auoir donné de passe-temps.
Allons ma Sœur allons.
                          Elpin.

                    Comment, comment, cruelle
Tu veux rendre ma peine ainsi perpetuelle?

Non contente des maux que j'ay desja soufferts,
Plus horribles que ceux qu'on endure aux Enfers:
Tu cache en ta rigueur vne autre tyrannie,
Pour rendre ainsi faisant ma douleur infinie.
Au pied de tes Autels tant de vœux adressez,
Tant de souspirs jettez, & tant de pleurs versez
Ne sçauroient ils iamais esmouuoir ton courage;
Mais tu ne sçaurois plus continuer l'outrage
Que tu me fais souffrir, je n'ay plus de vigueur
Qui puisse entretenir plus long temps ta rigueur.
Mon corps cede à l'effort d'vne péine si dure,
Mon esprit abatu du tourment qu'il endure,
Veust quitter la prison de ce funeste corps
Pour me faire enroller en le nombre des morts.
Alors cruelle alors en ma vaine poursuitte
Elpin ne viura plus pour t'inspirer la fuitte:
Alors tu n'oyras plus le son de mes propos
Tu jouyras alors d'vn desiré repos.
Quand à moy descendu dedans les manoirs sombres,
Ie seray vagabond auec les autres Ombres.
Peut estre tu verras dedans le repentir
De l'excés des tourments que tu me fis sentir:
Et dans la loyauté de mon ame amoureuse,
Combien injustement tu me fus rigoureuse:
Ce qui me fit resoudre à souffrir le trépas.

G ij

ACTE TROISIESME.

SCENE III.

CLARICE. ELPIN.

Clarice.

D'OV viennent ces clameurs: helas! n'entends-
    je pas
La voix de mõ cruel:ô grãds Dieux! c'eſt luy meſme.
Mais qui luy peut cauſer le viſage ainſi bleſme ;
Ne ſe repent il point de me faire endurer
Tant de maux, & de plus les faire tant durer?
D'où luy vient le ſubjeſt de ceſte reſuerie.
Il me faut l'aborder ; mõ Elpin je te prie
Deſcouure moy qui rend ton viſage tranſy?
Ie veux participer à ton faſcheux ſoucy?

Elpin.

Bergere laiſſe moy : tu n'as pas le remede
Qui pourroit ſoulager le mal qui me poſſede.

Clarice.

Tu gardes bien celuy qui me pourroit guerir !

Elpin.

Vn bleſſé ne ſçauroit vn autre ſecourir.

Clarice.

Quoy tu confeſſe donc que ton ame eſt bleſſíes

Elpin.

Ce seroit en cela dementir ma pensée:
Ie ne te veux nier que je sens comme toy
Le mal qu'on peut souffrir sous l'amoureuse loy.
Clarice.

Mais bien diuersement:
Elpin.
Ouy: mais il t'en faut prendre
A celuy qui nous fit d'vn feu diuers esprendre.
Ie jure bien porter de la compassion
Au mal que tu ressens dedans ta passion;
Mais côment voudrois tu si j'ay besoing qu'on m'ayde
Qu'il fust en mon pouuoir de te porter remede
Clarice.

Ne sçaurois tu quitter celle-là qui te fuit?
Et te rendre sensible à celle qui te suit.
C'est ainsi que tu peux me rendre bien-heureuse,
Et toy te soulager dans ta peine amoureuse:
Voy tu pas que l'ingratte au lieu de te cherir
Semble n'auoir de soing qu'à te faire mourir:
Voy tu pas que son ame insensible à ta peine
Semble puiser son bien dans le mal de ta gehene.
Vostre cœur est touché d'vn mouuement diuers:
Quitte, quitte Berger vn esprit si peruers.
Elpin.

Ha! que tu parle bien: mais difficile chose
De pouuoir faire ainsi ce que tu me propose.
Helas! Bergere, helas! mon esprit arresté
N'est plus comme jadis libre en sa volonté.

Croys tu qu'il soit aysé de quitter ce qu'on ayme?
Ie n'en demande point de iuge que toy mesme.

Clarice.

Ouy, lors que la rigueur de l'object qu'on cheriſt,
Inflexible à nos vœux de plus en plus s'aigrist,
Et qu'on n'a point acquis par la perseuerance
Quelque bien ou l'on peuſt fonder son esperance.

Elpin.

Il eſt vray ; mais pour lors si l'on sort de prison
C'eſt par vn desespoir non pas par la raison;
Quand à moy quelque peu d'esperance me reste,
Ma perte ne m'eſt pas encore manifeste.

Clarice.

A ce compte, Berger, je voy que ton espoir
Me faict perdre celuy que je pourrois auoir.
Car, puis que ta rigueur & l'amour qui te porte
A cherir ton object, s'augmente de la sorte
Pour deſtruire celuy que tu me doibs porter :
Comment pourray-je, ingrat, viure & le supporter?

Elpin.

En desliurant ton cœur de l'amour qui t'enflamme:
Alors tu n'auras plus de tourment en ton ame
De voir que mes desirs seront ailleurs dressez.

Clarice.

Cruel mes sens y sont par trop interessez
Il n'eſt plus de moyen de m'en pouuoir desdire.

Elpin.

N'accuse donc que toy si tu vis en martyre.

Clarice.

Tes discours sont bien froids, mais ils ne sçauroiёt pas
Esteindre ceste ardeur qui me meine au trepas.

Elpin.

Si viennent ils d'vn cœur tout consommé de flamme.

Clarice.

Ha cruel! c'est pourquoy tu te mets dans le blasme,
Puis que tu portes vn cœur susceptible d'amour
Que ne m'ayme tu donc?

Elpin.   Mais tu n'es pas mon jour.

Tu n'es pas cet object qui cet amour m'inspire.

Clarice.

O cruel sans pitié des plus cruels le pire,
Cause de mon amour comme de mon soucy.
Qui mesme en te perdant tasche à me perdre aussi.
Quel Genie te pousse à ce qui m'est contraire
Qui peux te soulageant aussi me satifaire ?
Car en laissant le soing qui te faict souspirer,
Tu baniras celuy qui me faict endurer.

Elpin.

Il faut flatter son feu par vne vaine attente.
Bergere quelque jour tu te verras contente,
Et l'amour compatible aux maux que tu ressens,
Afin de les finir me touchera les sens ;
Amortissant en moy la flamme dont Felise,
Obstacle à ton desir, captiue ma franchise.
Mais c'est auoir esté trop long temps en ce lieu
Retirons nous, ou bien je te vay dire Adieu.

Clarice.

Allons je ne me plais qu'au bon heur de te suiure

Il dit ce
vers bas

ACTE TROISIESME

SCENE IIII.

LVCIANE seule.

DANS le ressentiment du tourment qu'il me
      liure,
Puis qu'il se mocque ainsi de mes feux innocents
Ma voix fais éclatter tes plus tristes accents
Ce bocage aussi bien desert & solitaire,
Me conuie à parler où je voy tout se taire:
Et rien ne peut icy mes plaintes escoutter
Dont l'esprit médisant les puisse rapporter.
Mais pourquoy doibs-je icy craindre d'estre entenduë
N'importe je, vaudrois que ma voix fust renduë
Par quelque Echo prochain iusqu'au cœur de celuy,
Dont la desloyauté me cause cet ennuy:
Affin qu'il recogneust dedans ma repentance
De l'auoir trop aymé, sa faute, & ma constance.
Helas! qu'il me falloit vn iugement plus meur
Que celuy qui guidoit mon innocente humeur
Dans ses discours rusez; qui sceurent si bien prendre
Mon ame en leurs liens sans se pouuoir deffendre.
Estois-je sans raison, ne pouuois-je iuger,
Ce qui pouuoit venir d'vn esprit si leger?
Ne pouuois-je iuger que dans ses vaines plaintes

                                                    Le

Le desloyal cachoit de veritables feintes.
Traistre, perfide, ingrat de quelle qualité
Pourrois-je bien marquer ton infidelité
Quels mots me suffiront pour exprimer l'outrage
Que tu fais à ma foy par vn excez de rage ?
Qui t'induit à changer l'effort de mes douceurs
Par prodigalité de cent mille faueurs
N'a-t'il eu le pouuoir de retenir ton ame
Sans le crime du change esclaue sous ma flamme ?
Esclaue, c'est mal dict ; ton esprit indompté
N'eust point dedans mes lacs perdu sa liberté
Puis que je te donnois la mienne pour eschange :
Mais en changeant d'amour le mien aussi se change
En hayne & en mespris, afin de t'exprimer
Que je sçais mieux hayr, que je ne sçeus t'aymer.
Ce corps est le couuert d'vne ame genereuse,
Ie veux qu'on m'ayme aussi si je suis amoureuse ;
Et mon esprit picqué de quelque lasche tour
Est sensible à l'affront beaucoup plus qu'à l'amour.
Mais qui vient, ha ! c'est luy, ha! le voicy le traistre
De quel front pourra-t'il deuant mes yeux paraistre
Son forfaict m'est certain il ne le peut celer,
Il n'est plus de saison de le dissimuler,
Rien ne luy peut seruir sa ruse coustumiere

Celidã
entre.

H

ACTE TROISIESME.

SCENE V.

CELIDAN. LVCIANE.

Celidan.

QVe j'ay long temps cherché l'astre de ma lu-
      miere !
Il me sembloit des ja priué de sa clarté
Estre auec les deffuncts sous la lame aresté.
Bergere vnicque object de ma douce pensée,
En qui mon ame vit heureusement blessée,
Le Ciel verse sur toy tout ce qu'il a de doux.

Luciane.

Et que le Ciel sur toy verse tout son courroux.

Celidan.

Que j'aurois à souffrir vn penible martyre,
Si ton cœur approuuoit ce que tu viens de dire,
Mais il te plaist ainsi de te mocquer de moy.

Luciane.

Nullement, c'est plustost pour me venger de toy.

Celidan.

Ma Belle tu me perds, espargnè vn tel langage,
Tu ne t'en peux seruir qu'en me faisant outrage

Luciane.

Il l'a-
borde.

Mais pour ne m'outrager retire toy d'icy.
Celidan.

Pourquoy me retenir si long temps en soucy.
Beaux yeux dont les rayons humblement ie reclame.
Soyez moy plus benings, ou bien
Luciane.

                  Va monstre infame
Retire toy de moy ton veneneux poison
Pourroit encor vn coup infecter ma raison:
Tout ce qui vient de toy desormais je deteste.
Celidan.

Que vo° peux je auoir faict Dieux! je vous en atteste
Si Celidan n'est pas enuers elle innocent.
Luciane.

Ouy principalement d'vn forfaict si recent,
Tu reclames les Dieux qui prennent ma vengeance
Et preparent ta peine auec mon allegeance.
Adieu parjure, adieu, j'ay dans mon souuenir
De quoy me soulager, & de quoy te punir.
Celidan.

Et de quoy mé punir ; si l'entiere puissance
Que tu tiens dessus moy n'espargne l'innocence,
Ie peux bien desormais me resouldre au trépas.
Mais où vont ces discours elle ne m'entend pas,
Elle est desja bien loing , sa colere l'emporte
Ha! cruelle faut-il me traitter de la sorte.
Failloit-il me promettre vn reciproque amour,
Dont je prends à tesmoings les rochers d'alentour,
Pour me tromper ainsi dedans mon esperance

Laquelle je fondois sur ta vaine asseurance,
Ha! c'estoit bien cacher le poison sous le miel
Faulse, faulse douceur d'vn veritable fiel:
Ton visage riant qui taschoit à me plaire,
Couuroit bien au dedans vn cœur plain de colere:
Ha! c'estoit bien me perdre & sous vn faux accueil
Me promettre la vie en creusant mon cercueil.
Voulois tu dans l'effort d'vne nouuelle peine
Pour me tourmenter plus estre plus inhumaine?
Tu l'estois bien assez l'excez de ta rigueur
Auoit esteint desja mes sens & ma vigueur,
Si ton esprit rusé par tes douces amorces
Ne m'eust faict reuenir en mes premieres forces.
Mais, ha! traistre dessein de mon malheureux sort,
C'estoit pour me donner vne seconde mort.
Hé bien, me voila prest que la Parque s'aduance.
Non, non il faut plustost que ma main la deuance:
Comme autrefois peut estre en ne m'entendant pas,
Elle augmentroit mes maux retardant mon trépas.
Au moins cruelle, au moins toy qui veux que ie
　　　　meure,
Donne moy ta presence en ceste derniere heure?
Ce n'est pas que j'en vueille attendre du secours:
Vien apprendre plustost en ces derniers discours,
Que ta rigueur m'inspire, & que ma langue pousse:
Qu'aupres de tes rigueurs je trouue la mort douce.
Retourne m'exprimer ce forfaict si recent
Dont tu me fais coupable & je suis innocent?
Ie m'en excuseray: mais auant qu'on s'excuse,

Il faut premier sçauoir ce dont on nous accuse.
Mais comment m'excuser si je n'ay rien commis,
Dont l'erreur me rendist tes beaux yeux ennemis.
Tu me veux tourmenter de double inquietude
Et joindre ta rigueur à mon incertitude.
Mais j'apperçoy Felise elle vient droit icy.

ACTE TROISIESME.

SCENE VI.

FELISE. CELIDAN.

Felise.

BERGER ne cele point l'effort de ton soucy
Ton visage blesmy m'en rend assez certaine ?

Celidan.

Si je souffre du mal ne t'en mets point en peine.
Ie sçauray bien tantost y treuuer vne fin;
Adieu, tu ne sçaurois estre mon Medecin.

Felise.

Tout va bien cet ennuy luy prouient de ma ruse.
Luciane aura creu que Celidan l'abuse:
Par là je le pourray tirer à mon dessein,
Et mettre ainsi faisant mon amour en son sein.

ACTE QVATRIESME.

SCENE I.

CELIDAN seul.

OVRONS ne viuons plus
car il est impossible
De viure & qu'elle soit à mes
pleurs insensible
Recourons aujourd'huy dans
la perte du jour
Pour finir sa rigueur la fin de
mon amour.

Adjoustons à nos maux ce supréme remede,
Puis que tout icy bas me nuist & rien ne m'ayde.
Recourons à la mort moins dure que son cœur,
Puis que vaincu de luy d'elle je suis vainqueur.
Et suiuant le Destin où sa rigueur me meine,
Sus mourons plus constant qu'elle n'est inhumaine.
Ce Rocher, dont le faist esleué dans les Cieux
Semble d'vn front hardy faire la guerre aux Dieux:
Plus sensible à mes maux que celle qui m'outrage.
N'espargne son costé pour m'offrir vn passage:
Et m'ouure des sentiers, par lesquels il permet:

Que je me puisse rendre à son plus haut sommet.
Là ie doibs terminer d'vn prospere supplice
La suitte de mes maux dedans mon precipice.
Là pendant la douleur d'vn ou de deux moments,
Ie suis prest d'éuiter des siecles de tourments.
Sus donc monstre à present ton ame genereuse
Celidan, si iamais elle fut amoureuse.
Auance que l'horreur ne se glisse en ton sein,
Qui pourroit amortir ce genereux dessein.
Ie trouue ce Rocher beaucoup plus accessible,
Que celle qui pour moy ne fut iamais sensible.
Hai' atteints le sommet, m'y voyla paruenu,
Ceux qui seroient là-bas m'auroient pour incognneu.
Mais i'apperçois quelqu'vn : ou ma veuë confuse
Faict qu'insensiblement vn faux object m'abuse.
Descendons quelque peu pour le cognoistre mieux.
Ce sont deux Caualiers ; quel sort injurieux,
Leur met l'espée au poing, & les faict icy rendre
Pour reciproquement ce duel entreprendre.
Auant qu'executer ce que veust mon malheur,
Il faut premierement voir le succez du leur.

Il môte
sur le
Rocher

Armidã
& Era-
ste en-
trent, &
se bat-
tent
l'espée
au
poing.

ACTE QVATRIESME.

SCENE II.

ARMIDAN. ERASTE.

Armidan.

COMMENT tu voudrois donc d'vne action perfide
Te monstrer tout d'vn coup & traistre & homicide?
Et violant les droicts de mon authorité,
Tu la voudrois soubsmettre à ta temerité ?
Tu te promets beaucoup dedans ton insolence,
Puis que tu veux passer jusqu'à la violence:
Mais c'est trop ceste espée aura bien le pouuoir,
De te faire ranger aux termes du debuoir.

Eraste.

Ie sçais que je vous doibs autant d'obeyssance
Qu'à celuy dont je tiens le bien de ma naissance:
Mais de me commander d'amortir cet amour,
C'est me vouloir priuer de la clarté du jour;
Mon ame est tellement en cet object rauie,
Que plustost que le perdre, il faut perdre la vie.

Armidan.

Veux tu me disputer vn bien qui n'est pas tien.

Que c'est bien loing d'offrir son costé pour le mien
Desloyal; c'est bien loing de te faire paraistre,
En la fidelité du seruiteur au maistre.

Eraste.

En vn pareil subject on ne me peut blasmer.

Armidan.

En vn pareil subject c'est par trop m'animer.

Eraste.

I'en pourrois dire autant ; car mon ame blessée
Autant comme la vostre, est autant offencée.

Armidan.

Ne prends tu point de garde à mon extraction?

Eraste.

Mais vous jugez mon droict en mon affection.

Armidan.

Quel droict qu'vn seruiteur soit riual de son maistre:
Et qui plus est encor le faire ainsi paraistre.

Eraste.

Amour en ce subject vous oste le pouuoir
Lequel vous est acquis ailleurs sur mon debuoir:
Il vous rend comme moy captif sous son seruage,
Et par vn mesme object esmeut nostre courage.
Si bien par ce moyen, que la distinction
De nostre sang, se perd en nostre affection.
Nous souspirons liez de mesme seruitude,
Dessous vn mesme object la mesme inquietude.
Ie l'ayme, vous l'aymez : vn coup inopiné
Nous a pour vn object deux amants destiné.
Ie me trouue à ses traits autant que vous sensible,

Il m'est de le ceder comme à vous impossible.
Mais croyez moy: reiglés d'vn jugement plus meur,
Le feu trop violent de ceste vixe humeur,
Effect de voſtre amour ainſi que de voſtre âge:
Et prenez auec moy quelque conſeil plus ſage.
Celle, dont les beaux yeux aſtres de noſtre jour
Cauſent noſtre debat ainſi que noſtre amour:
Ne ſçait encore pas que noſtre ame rauie
En ſes puiſſants attraicts : eſt ſous elle aſſeruie.
Il faut donc l'aborder, & voir qui de nous deux
Sera le mieux reçeu pour luy dreſſer ſes vœux.
Taſchons à la gaigner ; ſi le Ciel fauoriſe
Voſtre pretention : pour moy je l'authoriſe.
De meſme s'il me donne vn plus heureux abordr
Cela ne doibt cauſer entre nous du diſcord.
Nos langues en cecy doibuent eſtre occupées:
Nos careſſes, nos vœux : & non pas nos eſpées
L'amour ſe paiſt de pleurs & non pas dans le ſang:
C'eſt aſſez que le cœur ſoit bleſſé ſans le flanc.

Armidan.

Ce diſcours en ſa cauſe eſtant illegitime
Ne faict rien qu'augmenter ma haine auec ton crime
Et le reſſentiment d'vn ſi traiſtre deſſein
Verſe de plus en plus la fureur dans mon ſein.

Eraſte.

Ill'atta
que de
rechef.

Ha vous me contraindrez ?

Armidan.

N'importe ta deffence
Ne fera que ton ſang ne laue ton offence.

Eraste.

Enfin c'est à ce coup qu'il faut vaincre ou mourir.

Armidan.

O Dieux ! je suis bleßé, venez moy secourir.
Ie meurs, je n'en puis plus ; au moins faites paraistre
Icy vostre Iustice en punißant ce traistre.

Eraste.

Le coup est faict ; enfin son obstination
Qui luy cause la mort finist sa paßion.
Que ton pouuoir est grand, amour enuers les ames
De ceux qui comme moy bruslent dedãs tes flammes.
Vn esprit que tu tiens captif deßous ta loy
Ne sçauroit endurer d'autre maistre que toy:
Il refuse le joug deßous tout autre Empire,
Et n'agist seulement qu'en ce que tu l'inspire.
C'est ainsi qu'Armidan l'espreuue ce jourd'huy,
Qui me pensoit tenir esclaue deßous lu y ;
Ne sçachant que mettant mon ame en ta puißance
Tu me rends enuers luy libre d'obeyßance :
Afin que dans l'object dont tu me sçeus rauir,
Sans m'employer ailleurs je te peuße seruir.
Reçoy doncques mes vœux, amour, & rends propice
Cét object, en lequel tu requiers mon seruice:
Et fais que la Bergere où tu m'as si tost pris,
Me recepuant pour sien soulage mes esprits.
Dispose son humeur à recepuoir ma flamme,
Ainsi que son visage a sçeu rauir mon ame:
Et si je la surpaße en ma condition,
Au moins qu'elle me soit d'esgale affection.

I ij

Mais quoy, c'est m'abuser ; ma veuë mensongere
Pour quelque Deité la prend vne Bergere.
Ie ne me doibs fier à ce champestre habit,
Elle a faict en mon cœur vn effort trop subit,
Dont je doibs estimer la cause plus qu'humaine.
Mais il faut dedans peu sortir de ceste peine
Et de ce pas chercher quelqu'vn. Mais j'aperçoy,
Vn Berger ce me semble aprocher droict à moy.

Il aper-
çoit Ce-
lidan.

ACTE QVATRIESME.

SCENE III.

ERASTE. CELIDAN.

Eraste.

BERGER, *je prie aux Dieux que la fertile pleine*
Pour paistre ton troupeau soit tousiours d'herbe
plaine
Aproche tu me viens icy fort à propos
Pour donner à mon ame vn desiré repos.
Celidan.
Caualier, que le Ciel vous soit tousiours propice :
Vous pouuez disposer de mon humble seruice
Comme du vostre mesme ; auez vous quelque soing
Qui dans ce lieu vous fasse auoir de moy besoing.
Eraste.

Ie desire sçauoir quelle est ceste contrée
Où j'ay faict par hazard à ce matin entrée;
Quels sont les habitans ; quel est le possesseur.
Celidan.

De cela je pourray vous rendre bien tost seur.
Vous estes dans ce lieu sur les fins de la Frise.
Eraste.

Et je trouue en ses fins celle de ma franchise !
Celidan.

Certains Bergers en sont Seigneurs & habitants.
Eraste.

Encor ne rends tu pas tous mes desirs contents
Berger, hé ! pleust au Ciel qu'il fust en ta puissance.
Celidan.

Si vous n'y requerez que mon obeyssance,
Vn seruiteur en moy suiura vostre desir.
Mais quel secret ennuy trouble vostre plaisir.
Eraste.

Helas ! il vaut autant te descouurir ma flamme
Et comment elle a pris naissance dans mon ame.
D'en nommer le subject il n'est en mon pouuoir,
Car c'est de toy de qui j'espere le sçauoir.
Sçache qu'à ce matin sur le poinct que l'Aurore
Commencoit à quitter le pourpris qu'elle dore.
(C'est lors que paraissant en vn teint moins vermeil
Elle veut dedans peu faire place au Soleil)
Arriuant sur le bord d'vne proche fonteine,
Dont les ruisseaux espars arrousent ceste plaine
Que ce bois trop espais nous empesche de voir

Sçais tu le lieu?
Celidan.
Vrayement je le doibs bien sçauoir.
Erafte.

Ioyeux d'auoir trouué dans ce criftal liquide
Pour amortir ma foif vne onde affez humide:
Ie m'abaiffe beant apres cefte froideur ;
Mais j'y trouue vn fubject d'vne nouuelle ardeur;
Car le Deftin tournant mes yeux vers vne roche,
Qui dans ce mefme lieu fe faict voir affez proche,
I'apperceus vn object, en attraits fi charmant,
Que le voir & l'aymer fut tout en vn moment.
I'admiray quelque peu cefte beauté Diuine
Dont les rayons percoient jufques en ma poictrine,
Qui chafferent bien toft la premiere chaleur,
Qui me caufoit ma foif pour y placer la leur.
Enfin je me releue, impatient d'atteindre
Cet object lequel fçeut fi bien mes fens contraindre
En les eftroicts liens d'vn amour fi foudain:
Mais auec fa beauté j'efpreuuay fon defdain.
Comme fi mon abord luy euft efté nuifible,
Son pied leger & prompt me le fit inuifible,
Ie demeuray confus d'vn depart fi fubit.
Celidan.

Mais ne me fçauriez vous dépeindre fon habit:
Afin de la cognoiftre en cefte Bergerie
Pour vous en affeurer?
Erafte.
C'eft de quoy ie te prie.

L'habit qui la couuroit faict d'vn lin delié,
En diuerſes façons artiſtement plyé,
Afin d'eſtre eſtimé digne du priuileige
Qu'il a de la toucher : eſt plus blanc que la neige.
Des rubans proprement en leur place eſtablis
Meſlent ſur iceluy la Roſe auec le Lys.
Mais quoy l'habit n'eſt rien, ſa face eſtincelante,
Qui cauſe dans mon cœur l'ardeur ſi violente,
Conſerue tant d'attraicts afin de me charmer:
Qu'il n'eſt point de diſcours qui le peuſſe exprimer.
Et partant voyla tout ce que je te peux dire,
Sur le triſte ſubject qui me tient en martyre.

Celidan.

Ie cognois à plus pres ſelon voſtre rapport,
Celle qui cauſe en vous cet amoureux effort,
Elle eſt en ce hameau la Reyne entre les belles,
Ainſi que l'on la tient eſtre entre les cruelles.

Eraſte.

O Dieux que me dis-tu?

Celidan.

Plus dure qu'vn Rocher.
Elle chocque tous ceux qui veulent l'approcher:
Son ame aux traits d'amour tout à faict inſenſible
Ny par pleurs, ny par vœux, n'eſt nullement flexible.

Eraſte.

Comment! ce peut-il bien que ſous vn corps ſi beau
Pour vn ſubject de vie on y trouue vn tombeau.
Non; la nature afin de n'eſtre point blaſmable,
L'aura faicte amoureuſe en la rendant aymable:

Autrement, ce seroit auoir mis à l'enuers
L'ordre si bien compris de tout cét Vniuers
Mais sans me retenir d'vne plus longue attente
Veux tu rendre en cecy mon ame bien contente,
Aprends moy les moyens, s'il est en ton pouuoir
Les plus expedients qui me la sassent voir? -
####### Celidan.

Ce seroit cultiuer vne terre infertile,
Mon ayde en ce subject vous seroit inutile,
Cognoissant comme expert : qu'vn cœur pareil au sien
Estant si rigoureux ne sçauroit aymer rien.
Ouy, ie dis comme expert ; & s'il vous plaist d'at-
      tendre
Il me faut peu de mots pour vous le faire entendre.
####### Eraste.

Ie suis prest.
Celidan.
Sçachez donc qu'vn amoureux poison,
Qui vient du mesme obiect infecte ma raison,
Que comme vous ie souffre vne amoureuse rage,
Qu'amour d'vn mesme traict blesse nostre courage:
Et que celle qui tient vostre esprit arresté,
A conquis des long temps ma chere liberté.
I'ay faict ce que i'ay peu pour la rendre flexible
En le cruel effort de ma peine indicible.
Mais tout me fut en vain ; & seulement la mort
Promet à ma tempeste vn salutaire port.
Ie suis donc en ce lieu plein d'amour & de rage
Pour finir mon tourment en finissant mon âge.
####### Eraste.

Eraste.

Ha Berger! tu te perds dedans ta paßion
Non, non il faut changer de resolution.

Celidan.

Quoy? c'est me conseiller vne seconde perte
Que de laisser passer l'occasion offerte.

Eraste.

Auant qu'executer ce funeste dessein,
Prenois à son effect d'vn iugement plus sain.
Pour moy, puis que le Ciel me faict aymer cet astre
Dont la trop de rigueur te cause ce desastre,
Ie luy veux obeyr : mais si ie voy son cœur,
Me traitter comme toy de la mesme rigueur,
Si mon amour ne faict quelqu'effort dans son ame:
Ie croy que ie pourray sans la crainte du blasme,
Par la force rauir ce que par la pitié
Ie n'auray sçeu gaigner dessus son amitié.
Mais Adieu, c'est trop faict en ce lieu de demeure,
C'est trop tarder, il faut l'auoir ou que ie meure.

Celidan.

Monsieur si dans l'excés du mal que ie ressens
Vous trouuez du subiect pour esmouoir vos sens
Aux traicts de la pitié : de mesme que vostre ame
Se monstre susceptible à l'amoureuse flamme:
Escoutez ma priere & ne refusez pas
Ce malheureux Berger si proche du trépas.
Alors que vous serez deuant cest'inhumaine
Qui prenoit mon amour pour vn subiect de haine
Ditte luy que mon ame apres tant de tourment,

Il l'ar-
reste.

K

Attendoit à la fin quelque soulagement.
Mais que son cœur n'estant à mes desirs propice,
Ie cherche mon salut dedans le precipice.

Eraste.

Il s'en
va.
Adieu cela vaut faict.

Celidan.

Il faut enfin mourir
De differer ma mort je differe à guerir,
Il semble que je crains : quoy l'horreur du supplice
Faict elle que la crainte en mon ame se glisse ;
Que ne suis-je aussi ferme en resolution
Que je le fus jadis dans mon affection
Lasche cœur, cœur poltron : tu refuses à suiure
Ce dessein qui me veust faire cesser de viure,
Ce dessein genereux qui m'inspire mon bien,
Et par vn mesme effect procure aussi le tien:
Tu trauailles en vain, ton effort inutile
Ne me fera tacher d'vne action si vile.
Pensers pernicieux qui differez ma mort
Il faut que malgré vous j'obeysse à mon sort
Pourquoy me flattez vous de vaines esperances,
I'ay trop esté deçeu dedans vos asseurances.
Vous voulez que je vine en m'asseurant qu'vn jour,
Ie seray satisfaict de mon constant amour
Qu'àpres tant de trauaux j'auray le sort propice,
Que les Dieux autrement seroient plains d'injustice
Et qu'vne ame si franche en son affection
En merite à la fin la satisfaction.
Apres ; vous m'objectez qu'vn rauisseur infame

S'appreste pour jouyr des beautez de ma Dame,
Que je sçay son dessein : ou plustost la fureur
Qui luy creuant les yeux le pousse à ceste erreur,
Vous me parlez ainsi.   Celidan ton courage,
Deburoit-il se changer en vn exces de rage
Et tourner son effort pour croistre tes malheurs
Contre ton propre flanc sans l'employer ailleurs.
Non tu ne doibs souffrir qu'vn barbare, vn estrange,
Aye vn si libre accés aux beautez de ton Ange
Qu'il puisse sans obstacle acheuer le dessein
Qu'vn impudicque amour a plongé dans son sein.
Sus sus romps luy ce dé, que ta mort differée
Fasse voir que sa vie en est moins asseurée,
Que tu ne manque point de generosité
Pour abattre l'effort de sa temerité.
C'est bien dict ; il ne faut que ma fureur denie
D'obeyr aux raisons que dicte mon Genie.
Il ne me reste plus qu'vne telle action,
Pour faire vn preuue entier de mon affection.
La fortune aussi bien me presente vne espée
Qui pourra justement estre en son sang trempée
Elle n'attend icy qu'vn bras pour la pousser
Dans le flanc de celuy qui la fit abaisser.
Elle porte en sa pointe vne entiere allegeance
Tirant d'vn mesme coup vne double vengeance.
Vous manes de ce corps sur la place estendu
C'est aux bords d'Acheron trop long temps attendu,
Il faut que le meurtrier qui vous rend vagabondes
Aille payer pour vous aux infernalles ondes.

Il voit
l'espée
d'Armis
dan e-
stendu
sur la
place.

K ij

<table>
<tr><td>

Il s'ap-
proche
pour en
leuer ce
corps e-
ftédu &
cong-
noiſſā
qu'il ref
pire, il
dit.

Phedon
entre.

</td><td>

Ie voy bien que ce corps m'offrant dequoy m'armer
Semble me requerir le ſoing de l'inhumer.
Dieux! il reſpire encor vne mortelle glace
Ne couure entierement ni ſa main, ni ſa face
Il ne faudroit icy que quelque prompt ſecours
Qui retenant ſon ſang luy allongeaſt ſes iours

</td></tr>
</table>

ACTE QVATRIESME.

SCENE IIII.

CELIDAN PHEDON.

ARMIDAN. Celidan.

SI quelqu'vn! haie voy Phedon qui ſe promeine
Le ſort fort à propos en oe lieu nous l'ameine
Phedon Phedon.

Phedon.

Qu'entends-je

Celidan.

Approche toſt icy

Il donnera bien toſt du remede à cecy

Phedon.

D'où prouient tout ce ſang bons Dieux! bons Dieux!

Celidan.

Soulage
S'il se peut ce blessé sans tarder d'auantage
Phedon.

O Dieux qu'elle ouuerture il a dans le costé
Celidan.

Estant en tel subjet bien experimenté
Regarde si sa playe est curable ou mortelle
Phedon.

Ie iure que iamais ie n'en vis vne telle
Iespere toutes-fois qu'il en pourra guerir
I'auray tantost trouué dequoy le secourir
Celidan.

En cela tu feras vn acte charitable
Phedon.

Voicy, voicy dequoy, cette herbe profitable
Aura bien le pouuoir de son sang estancher
Portons le cependant en le prochain rocher
Celidan.

Il se reuient vn peu

Phedon.

Monsieur prenez courage
Armidan.

Dieux soyez moy plus doux: destournes cét orage
Ou est le traistre il faut
Phedon.

Ne vous émouuez pas
Armidan.

Pourquoy tarde-ie tant à le mettre au trepas
N'est ce pas trop long téps demeurer sans vengeance

Il a-
plicque
l'herbe

Phedon.

Il faut auoir plustost soing de vostre allegeance
Si le sort plus bening n'eust pour vous soulager
Dressé mes pas icy vous estiez en danger

Armidan.

Ha Bergers où est il où est ce temeraire

Phedon.

Qui nous demande t'il.

Celidan.

Ie sçay toute l'affaire
Monsieur ne vous mettez en vn plus grand soucy
Il y a ja long temps que ie proteste icy
Ma vengeance & la vostre: il suffist d'vne espée
Qui soit en ce subjet maintenant occupée
Qu'il faut au lieu d'amour luy mettre dans le sein.

Phedon.

Dis moy quel interest te pousse à ce dessein

Celidan.

Le mien propre

Armidan.

Et comment

Celidan.

La temeraire audace
De celuy dont le bras vous a mis sur la place
Non content du forfaict qui le faisoit meurtrier
En proiette vn nouueau plus grand que le premier
Dont l'effet ne se peut qu'en m'arrachant la vie
Bien qu'elle me seroit par mille morts rauie.
Poussé de la fureur d'vn amour effronté

Maistre de sa raison & de sa volonté
Il ose, il veut rauir celle qui me possede
Dessoubs le sot espoir qu'il a que l'on luy cede
Phedon.

Comment ta Luciane
Celidan.

Elle mesme
Armidan.

Ha destin
Tu te rends enuers moy de plus en plus mutin
Berger vn mesme sort auoit poussé mon ame
En la subite ardeur d'vne pareille flamme
Que cé mien Escuyer dont la temerité
T'offence comme moy son inhumanité;
Mesprisant le respect qu'il doibt à ma naissance
Et nullement touché de la recognoissance
Des obligations qu'il doibt à ma faueur,
Se monstra mon riual au lieu de seruiteur.
Ie croy que persistant en la mesme insolence
Rien ne l'empeschera d'vser de violence
A rauir ton objet puis qu'il a bien osé
Celidan.

Non non il n'yra pas comme il à proposé
Armidan.

Pour moy ie veux mourir en la recognoissance
Du bien que ie reçois dedans vostre assistance
N'espargnant enuers vous ce que veut mon deuoir
Si le Ciel me fournist de vie ou de pouuoir
Phedon.

Parlant
à Celi-
dan.

Monsieur la charité jointe a vostre merite
Sans autre recompense enuers nous vous acquitte
Il faudra vous mener en ma proche maison
Affin de vous donner entiere guarison

Celidan.

Permettez s'il vous plaist que ma main occupée
A punir mon riual s'arme de vostre espée
Et que pour l'estonner d'vn mouuement subit
En cela ie me serue aussi de vostre habit

Armidan.

Dispose à ton vouloir de ce que ie possede

Phedon.

Sus allons il est temps de vous donner remede.

ACTE

ACTE CINQVIESME.

SCENE I.

ELPIN. LVCIANE. FELISE.

Elpin.

*B*ERGERES vous voyés à
    qu'elle extremité
*V*n amant est reduit par vo-
    stre cruauté
*V*ous voyés quel effort vous
    causés en son ame
    *Q*uand d'vn ingrat dédain
vous reiettés sa flamme
Et qu'à la fin priué d'espoir & de raison
Il recoure a la mort fuyant vostre prison
Celidan vous le monstre aujourd'huy belle ingratte   Parlant
Et s'il ne me restoit quelque espoir qui me flatte   à Luci-
Entre tant de douleurs qu'on souffre soubs sa loy   ane.
Felise n'en deuroit moins esperer de moy

Felise.

Ta mort ne seroit pas vn subjet de tristesse
Non plus que toy d'amour.

L

Elpin.

        Hé bien, hé bien tygreſſe
Il faudra l'eſprouuer : vn genereux effort
Ainſi qu'à Celidan m'inſpirera la mort,
Pour arreſter le cours de ma douleur extréme.

Luciane.

O l'acte genereux de ſe tuer ſoy meſme :

Elpin.

Quoy vaut il mieux ſouffrir mille morts ſoubs vos
      loix
Mille morts chaſque iour que mourir vne fois ?

Luciane.

Ouy c'eſt manquer de cœur de ny vouloir pourſuiure;

Elpin.

En ſouffrant le long temps on ſe laſſe de viure
Si ce n'eſt dans l'eſpoir que voſtre cœur vn iour
Changera ſa rigueur en quelque traict d'amour.

Luciane.

Pour l'obtenir il faut de la perſeuerance.

Elpin.

Mais pour perſeuerer il faut de l'eſperance.
Celidan ſans eſpoir d'auoir vn iour accez
Au bien de voſtre amour, auança ſon decez.

Luciane.

Pour vn autre ſubjet il a finy ſa vie
Puis qu'vn autre ſubjet la tenoit aſſeruie :
Outre que pour punir vn cœur malicieux :
Ce Berger ſi peruers ne meritoit pas mieux :
Sa mort le lauera du crime de perfide

Elpin.

Ie voy bien vous fuyés le renom d'homicide
Ie croy que mon ingratt' en feroit bien autant

Felise.

Ha que ce fot discours rend mon cœur peu contant
N'interromps plus mon ame autre part occupée
Et croy que ta croyance est lourdement trompée

Luciane.

Quel penser la retient ma sœur ?

Felise.

C'est vn remords
Qui produit en mon cœur l'effet de mille morts:
Remords, dont ie ne peux calmer la violence.
Qui me contrainct enfin de rompre le silence,
Et de me confesser coupable, ha! i'ay trop dit
Ce que l'horreur du crime & l'honneur m'interdit.
Ciel fais que sans le dire vne prompte vengeance
Me serue tout d'vn coup de peine & d'allegeance:
Pourquoy le confesser puis qu'il est sans mercy.

Luciane.

Quel subit mouuement ma sœur vous trouble ainsi
Descouurés promptement l'ennuy qui vous possede
Affin que s'il se peut on y donne remede.

Felise.

Apres le coup manqué d'vn deßein mal conçeu,
Où pensant deceuoir mon esprit est deçeu
Dedans le vain espoir d'vne allegeance vaine:
Que sçaurois-ie esperer qu'vne eternelle peine.
Ie ne requiers icy qu'vne punition:

L ij

Il ny va pas d'vn traict de voſtre affection.

Elpin.

Dieux! ſi le repentir de ſa rigueur paſſée,
Pour deuenir plus douce occupoit ſa penſée,
Que ma douleur euſt place en ſon reſſentiment:
Ie remets ſon peché ſans aucun chaſtiment.

Feliſe.

Deſtins, cruels Deſtins, eſlancez ſur ma teſte
Les plus horribles traicts d'vne horrible tempeſte.
Faut il en la rigueur de vos maux inſinis,
Que les plus criminels ſe voyent moins punis.
Iuſtes Dieux l'innocent met en vous ſa deffence,
Pourquoy tardez vous tant à punir mon offence
Ha! Berger innocent ſi deſſous le tombeau
I'oſe encor reclamer ton nom qui eſt ſi beau.
C'eſt à toy de dicter ma ſentence derniere
Celidan; qui me fus l'aſtre de ma lumiere
Qui fus l'object auſſi de mon traiſtre forfaict
Le Ciel n'attend ſinon qu'à la mettre en effect.
Inuente les horreurs du plus cruel ſupplice
Encore ne ſçaurois-je expier ma malice
Bien que le plus grand mal qui me peuſt arriuer
C'eſt d'aymer ta preſence & de m'en voir priuer.
Ha! Berger tu me rends à preſent bien experte
Que dedans les regrets que me cauſe ta perte
Ie ſouffre des tourments plus cruels mille fois
Que ceux de ton refus alors que tu viuois:
Puis que dans iceluy bien qu'object de ta haine
Ta preſence ſembloit diminuer ma peine.

Qu'est-ce qui me pourroit soulager desormais
Si je suis sans espoir de nt te voir jamais.
Et pour donner le comble au malheur qui m'arriue
Du bien de cet espoir moy mesme je me priue.
L'excés d'vne fureur qui mes sens agitoit
De voir qu'vn autre object ton amour deportoit
Des vœux que t'adressoit ma poictrine blessée,
Fit tomber en mon cœur ceste inique pensée
D'inspirer par l'effort d'vn forfaict imposé
Ta haine à cet object : dont l'esprit abusé
Dans l'erreur que couuroit vne vaine apparence
T'estima pour coupable estant dans l'innocence.
H a Bergere, c'est toy dont la credulité.
Offença ton amour & sa fidelité,
Et qui pour le punir bien qu'il ne fust coupable,
Fus trop prompte à monstrer ta rigueur trop blasma-
　　ble.
Blasmable, j'ay mal dict, vn propice tombeau
Te priua d'vn amant me priuant d'vn bourreau
Lequel n'auoit pour moy qu'horreur & que supplice
Dont il me

Parla
à Luc
ane.

Clari
entre

ACTE CINQVIESME.

SCENE II.

ELPIN. LVCIANE. FELISE. CLARICE.

Felise.

HA j'aperçoy l'innocente complice
Qui fit vn tel profit en ma docte leçon.
Qu'elle te fit paſſer pour ſcience vn ſoubçon.
Bergere approche il faut eſtaller la feintiſe
Dont tu fus inſtrument pour obliger Feliſe,
Soubs l'eſpoir toutesfois que je pourrois vn jour
Reduire ton ingrat flexible à ton amour.
Mais vn cruel ſuccés contraire à noſtre enuie,
Rend Elpin ſans amour & Celidan ſans vie.

Elpin.

Bergere arreſte ; non : ton eſprit ſi peruers
Faict que le Ciel te garde encores vn reuers.
Ie quitte deſormais ceſte amoureuſe rage
Qui pour toy ſi long temps enflamma mon courage
Ne pouuant eſtimer vn cœur pareil au tien,
Pour eſtre ſi meſchant digne d'vn ſi grand bien.
Clarice apres les maux d'vne ſi longue attente

Dans ce bien desiré voit son ame contente.
Elle seule merite, & mes feux & mes vœux
Par sa perseuerance.

Felise.

                    Ha c'est ce que je veux.
Il faut dedans le cours de ma peine infinie
Estant seule coupable estre seule punie :
Bien que seule pourtant je n'ay sçeu trop aymer.

Luciane.

V a monstre dont l'horreur ne se peut exprimer
Puis que ta fausseté n'a point de comparable
Qu'vn remords eternel en soit inseparable.

Clarice.

Quel tesmoignage clair de bonne volonté,
Quel secourable effect d'vne insigne bonté.
Le Ciel, outre le bien de m'auoir donné l'estre
Biẽ qu'apres plusieurs maux, m'a fait ores paraistre.
Mais puis-je sans erreur dedans ce changement
Prendre vn certain subject de mon soulagement.
O Dieux ! que j'apprehende en ceste promptitude
Pour trouuer trop de crainte & peu de certitude.
Berger si tu ne veux que je te fasse voir
Qu'vn esprit balancé dans la crainte & l'espoir
Ne sçauroit resister à ceste viue atteinte
Pour me donner l'espoir oste moy donc la crainte,
Ou pour m'oster l'espoir sans me troubler ainsi,
Ne fais feinte d'auoir pitié de mon soucy.

Elpin.

C'est assez refuser le feu de ta belle ame.

Bergere maintenant je jure qu'il m'enflamme,
Vn Genie trop bon m'inspire ce dessein
Felise ne met plus son amour en mon sein.
Vn baiser s'il te plaist pris sur ton beau visage,
Où long temps ma rigueur a versé son orage
Te pourroit bien seruir d'vn tesmoin asseuré
Afin de te preuuer ce que je t'ay juré.

Il la
aise.

Clarice.

Que tu vois bien le droict que tu tiens sur mon ame,
Tu baises librement sans craindre qu'on te blasme
Ne vueille toutesfois ainsi t'en preualoir
Qu'il te fasse passer les bornes du debuoir
Mon amour est bien fort: mais l'honneur qui le guide
Le sçait bien retenir d'vne plus forte bride.

Elpin.

Mon Ame il est bien vray qu'apres auoir vsé
De rigueur enuers toy que je suis trop osé.

Clarice.

Et moy pour vn cruel je suis trop indulgente.

Elpin.

Tu pardonneras bien cette faute presente
Puis que ton bel esprit autrement offencé.
Semble me pardonner tout ce qui s'est passé

Clarice.

Tu te promets beaucoup croys tu sans penitence
N'estant seulement pas touché de repentence
Non plus que tu le fus de mon affliction
Auoir si libre accez sur mon affection

Elpin.

Comment

Comment tu voudrois donc faire de l'inhumaine?

Clarice.

Ie ne suis en dessein de t'absoudre sans peine.

Elpin.

Impose, me voyla prest à la recepuoir.
Ie ne refuse pas ce que veust mon debuoir.

Clarice.

Non Berger, c'est assez cognoissant ta franchise
Ie t'absous maintenant de ta faute commise
Pourueu que desormais tu me vueilles aymer.

Elpin.

L'excés de ta bonté qu'on ne peut exprimer,
Et l'instinct qui me pousse à ta flamme innocente
Causent dedans mon cœur vne ardeur trop puissante
Bergere · pour jamais au m'espris d'vn tel bien
Et du pouuoir d'amour me dire autre que tien.
Rochers je jure deuant vous,
De viure en la perseuerance
De l'amour d'vn object si doux.
Arbres je jure deuant vous,
Que mon cœur armé de constance,
Est incapable d'autres coups.
Fleurs je proteste deuant vous
Que les traicts que son œil m'eslance
Me sont preferables sur tous.

Clarice.

Et s'il manque Rochers, Arbres Fleurs, je vous prens
Pour tesmoings de son inconstance,
Ainsi que de ses juremens.

M

ACTE CINQVIESME.

SCENE III.

CELIDAN en l'habit d'Armidan.

ENFIN c'est à ce coup qu'il faut que je m'op-
                        pose,
A l'impudent dessein qu'vn traistre se propose.
Mon esprit agité de fureur & d'amour,
Medite justement la perte de son jour.
Au moyen de ce bras armé de ceste espée,
Ma vie ne sçauroit estre mieux occupée
Et la noble action qui me conduit icy,
Luy fera voir son crime & ma valeur aussi.
Pense-t'il sans obstacle acheuer l'entreprise.
O qu'il luy faudra bien vser d'vne autre prise.
Ie luy garde en ma main vn coup aussi fatal,
Que celuy qui le fit deffaire du riual.
Qu'il estimoit pour seul en l'amour qui le porte.
Mais qu'il ne pense pas qu'il en soit de la sorte.
I'ay bien le mesme habit, mais le corps qu'il comprend
Se fera voir tantost estre bien differend.
Bien qu'en ceste action où l'honneur me conuie,
Par la rigueur du sort je finirois ma vie.
Qu'importe c'est tout vn l'object malicieux

Pour qui je l'entreprends ne me promet pas mieux.
Car son ame pour moy ne fut jamais seconde
Il vaut autant mourir par le feu que par l'onde
Mais plustost par le fer, que dis je par le feu
Il ne sçauroit agir contre moy que bien peu
Puis que, comme l'essay nous l'a rendu croyable,
Iamais aucun agent n'agist sur son semblable.
Il faut que je regarde à prendre bien mon temps.
Ie sçay que cét endroict m'est propre. Mais j'entends
Quelqu'vn dedans ce bois auant qu'il soit plus proche
Il me faut retirer en la prochaine Roche.

ACTE CINQVIESME.

SCENE IIII.

LVCIANE seule.

ESPRIT d'impieté, monstre pernicieux
Indigne de jouyr de la clarté des Cieux
Traistresse abominable, humeur toute brutalle
Megere quatriesme en la troupe fatalle
Pouuois tu receler en ton horrible sein
Sans la crainte du Ciel vn si traistre dessein
Dont l'effect : mais suiuy d'vne contraire yssuë
A celle que vouloit ta ruse mal conceuë.
Cause, pour te punir & pour me martyrer.

M ij

La perte d'vn Berger qu'on ne peut reparer.
Grãds Dieux qui tenez tout deſſous voſtre puiſſance,
Eſtoit-ce la raiſon de rendre l'innocence,
Subjecte aux coups picquants de la detraction
Sans en faire paraiſtre autre punition,
Dont l'vnicque meſchant ſelon vous eſt capable:
Falloit il qu'vn Berger de tous le moins coupable,
Et le plus innocent pour fruict de ſon amour
Fuſt maintenant priué de la clarté du jour.
Et que la plus coupable exempte du tonnerre,
Que lance voſtre main marchaſt deſſus la terre.
Mais grãds Dieux ce n'eſt vous que je doibs accuſer
Ie blaſpheme ; c'eſt moy qui permis m'abuſer,
Trop credule aux diſcours de ceſte ame traiſtreſſe,
Qui cauſe ceſte perte & l'ennuy qui m'oppreſſe.
Ha Berger ! il eſt vray j'auois aſſez de quoy
Dedans ta franche humeur m'aſſeurer de ta foy,
Pour ne croire jamais que ton ame legere
Euſt faict eſlection de quelque autre Bergere,
Ton cœur eſtoit trop franc ; c'eſtoit trop perſiſter
En ton premier amour pour le pouuoir quitter.
Ie doibs en ce ſubject eſtre la plus blaſmée,
Feliſe eſt moins blaſmable eſtant la moins aymée,
Puis que je captiuois dés ſi long temps ton cœur.
Ie deuois retenir ma trop prompte rigueur,
Afin de m'en ſeruir la trouuant legitime,
Tu viurois mon Berger & je ſerois ſans crime.
Mais puis qu'il n'eſt ainſi, diſpoſe toy ma voix
D'eſclatter à preſent l'ennuy que j'en reçois.

C'est icy que je peux librement & sans crainte
A mes ressentimens donner l'entiere plainte;
Puis qu'apres le trépas d'vn si constant Berger.
Ce qui me reste icy me peut que m'affliger.
Les objects qui m'estoient des signes d'allegresse,
Ne m'expriment sans luy qu'horreur & que tristesse,
Ces fleurs de qui l'émail plaisoit tant à mes yeux
Ne me sont maintenant qu'vn object odieux.
Mais qu'entends-je, ha! voicy pour comble de ma
       peine
Cét importun, fuyons.

Eraste
entre.

ACTE CINQVIESME.

SCENE V.

ERASTE. LVCIANE. CELIDAN.

Eraste.

COMMENT belle inhumaine,
Comment faut-il qu'apres auoir rauy mon cœur
Pour me fuyr en ce lieu mon corps vous fasse peur.

Il l'a-
reste.

Lucane.

I'accorde pour du cœur que vous n'en auez guere,
D'estre ainsi retenu d'vne simple Bergere
Mais de l'auoir rauy je ne l'accorde pas.

Cela ne se pourroit que par voſtre treſpas.
Eraſte.
N'eſt-ce pas vne mort que voſtre amour me liure.
Luclane.
Ie ne voy pourtant point que vous ceſſiez de viure,
Pour ceſſer quant & quant voſtre importunité.
Eraſte.
C'eſt à vous de ceſſer voſtre inhumanité:
Afin de ne trouuer ma pourſuitte importune
Vous refuſez ainſi voſtre bonne fortune,
Ma belle? regardez que l'amour qui me point,
Afin de vous ſeruir me reduit à ce point.
Que meſpriſant le rang où l'honneur me conuie
I'abandonne à vos yeux le reſte de ma vie
Qu'ils vueillent donc au moins regarder mes dou-
leurs.

Luciane.
Puis que vous ne pouuez leur cauſer que des pleurs,
En vain vous reclamez qu'ils vous ſoïet fauorables.
Eraſte.
Pourquoy ne le ſont ils autant comme adorables.
Pourquoy dans mon amour pour eſtre plus heureux
N'eſtes vous moins aymable ou moy moins amou-
reux,
Ou bien ſans plus pourquoy n'eſtes vous moins cruelle
Rendant pour mon amour vn' amour mutuelle.
Ie bruſle d'vn ardeur qu'on ne peut exprimer,
Ainſi que les attraicts leſquels vous font aymer.
Si puiſſáts qu'il n'eſt point de cœurs de qui les armes

Puiſſent aucunement reſiſter a leurs charmes
Sans la punition de leur temerité.

Luciane.

Ce diſcours eſt ſans fruiɕt comme ſans vérité
Il eſmeut ce Rocher d'vne atteinte pareille
Comme il touche mon cœur en frappant mon oreille.

Eraſte.

Ie l'accorde, il eſt vray que c'eſt auec raiſon,
Que vous pouuez former ceſte comparaiſon.
I'eſpreuue voſtre cœur tout autant inflexible ,
Aux traiɕts de ma douleur qu'vn Rocher inſenſible ,
Mais je remets au temps le ſoing de mon ſecours.

Luciane.

Et moy j e perds le temps d'entendre ce diſcours
Adieu

Eraſte.

Non pas c'eſt trop faire de l'inhumaine
C'eſt icy qu'il me faut reſpondre de ma peine,

Luciane.

Comment vſer de force.

Eraſte.

Apres le vain effeɕt.

CELIDAN ſort de la Roche & coure l'eſpée
an poing ſus Eraſte.

Celidan.

Rauiſſeur impudent j'arreſte ce forfaiɕt.
C'eſt icy qu'il te faut reſpondre de ta vie.

Eraſte eſtonné s'en fuit.

O Dieux il vaut mieux fuyr qu'elle me ſoit rauie.

Celidan arreſtant Luciane qui ſuyoit auſſi.

Bergere où fuyez vous, c'eſt pour vous ſoulager
Que je ſuis en ce lieu non pour vous affliger.

Luciane.

Imputez s'il vous plaiſt mon peu de courtaiſie
A la recente peur dont mon ame eſt ſaiſie.
Mon eſprit ſi troublé me faiſoit oublier
Le ſoing que je vous doibs de vous remercier.

Celidan.

Vn ſoing qui me rendroit la vie jndubitable,
Plus conuenable à vous, pour moy plus charitable,
Par lequel ceſſeroient mes maux & vos meſpris,
Deburoit plus viuement occuper vos eſpris.
Ou regardez aumoins celuy qui vous deliure?

Luciane.

Ie voy que c'eſt celuy qui merite de viure,
En la faueur des Cieux pour vn ſi grand bienfaict,
Dont ie ſuis obligée & luy non ſatisfaict.

Celidan.

Ha! c'eſt celuy pluſtoſt que voſtre rigueur pouſſe
A ceſte extremité de trouuer la mort douce.
C'eſt celuy belle ingratte en qui voſtre pitié
Ne voulut exercer aucun traict d'amitié:
Meſpriſant les efforts de ſa perſeuerance:
Qui remply de douleur & priué d'eſperance,
Picqué de l'éguillon d'vn genereux effort,
Eſtoit tout diſposé de ſe donner la mort,
Mais touſiours en deſir de vous faire ſeruice
La voulut differer iuſques à cét office.

Par

Par lequel vous voyez que mesme en le tombeau
Il se souuient de vous.

Luciane.

De quel reuers nouueau
Le destin me veut il affliger d'auantage
Quel Phantosme hé bons Dieux!

Celidan.

Lisés en ce visage
Ma belle & vous verrés?

Luciane.

Retirés vous i'ay peur.

Celidan.

Comment me prenés vous pour quelque objet tropeur
Si vostre esprit est tel vous me iugés de mesme
Peut estre pour me voir le visage ainsi blesme
Ce que cause leffort de vostre cruauté
Vous iugés que ie sois quelque corps emprunté
Qu'vn faux esprit anime? en prenant cette espée
Vous verrés aisement que vous estes trompée,
D'icelle s'il vous plaist en me perçant le flanc
Vostre erreur paroistra bien tost dedans mon sang.

Luciane.

Mais ma peur se pourra terminer par ma fuitte
Adieu.

Celidan.

Comment cruelle.

N

ACTE CINQVIESME.

SCENE VI.

PHEDON, CELIDAN, LVCIANE.

Phedon.

O Ov fuyez vous si viste

Bergere quel objet vous cause de l'effroy
Qui ternist le vermeil de vostre teint?

Celidan.

C'est moy.

Phedon.

Celidan vous faict peur?

Luciane.

Quoy Celidan?

Phedon.

Luy mesme,

Qui brusle encor pour vous de cett' ardeur extréme
Approchons vous verrés

Luciane.

Ce peut il que les morts

Ombres sans sentiment deuestus de leurs corps
Bruslent encor pour nous d'vne amoureuse flamme

Phedon
entre
comme
Luciane
fuit &
la préd.

Phedon.

Il n'est mort & son corps est informé de l'ame.

Luciane.

Celidan n'est pas mort,

Celidan.

Non Bergere son cœur
Conserue encor pour vous quelque peu de vigueur
Autant qu'il en faudra pour vous dire sa plainte
Et se iette à vos pieds plain d'amour & de crainte
Pour vous la faire ouyr,

Luciane.

Hé quoy ce vestement
Loing de me l'asseurer m'objecte & vous dement.

Phedon.

L'habit n'a point de preuue où l'on voit le visage,
Recognoissés le donc sans errer d'auantage,
Vous voyez qu'il se meurt à vos pieds estendu
Le bien qu'il y pretend est par trop attendu;

Celidan.

Peut estre me croyant encore estre coupable
Elle tarde estimant que ie n'en sois capable.

Luciane.

Ha! berger il est vray que ma credulité
Permit qu'on t'accusast d'vne infidelité!
Mais i'ay veu mon erreur dedans ton innocence
Peux-ie encore iouir de ta chere presence
Ie te croyois pour mort

Celidan.

Dieux! quel soulagement

S'approch
& se
mettre
à ge-
noux.

Elle
recoñoist
le rel
me.

Ie reçois maintenant dedans ce changement!
La ioye qui me tient n'est pas à tous commune!

Luciane.

Viens donc m'entretenir de ta bonne fortune.

Phedon seul

Qui pourroit exprimer de quel contentement
Apres tant de douleurs va iouir vn Amant,
Lors qu'il voit son objet quitter sa tyrannie
Pour rendre ainsi faisant sa tristesse finie.
Pour moy bien que l'amour ne m'ait iamais faict voir
En aucune façon l'effort de son pouuoir
Ie le voy toutes-fois en ceux la qu'il maistrise;
Voyez de quel plaisir Luciane est esprise?
Quel plaisir aujourd'huy Celidan va gouster?
On le peut ressentir mais non pas rapporter.
Dans l'honneste lien d'vne ame auec vne ame,
Qui reciprocquement bruslent de mesme flamme,
Le plaisir le plus grand qu'on y peut recepuoir,
Ie croy que c'est celuy qui preuient nostre espoir:
Ce Berger aujourd'huy voit son ame contente
Par l'excés d'vn bon-heur qui passoit son attente:
Et se pensant encore au milieu des douleurs
Il commence sa ioye & va finir ses pleurs,
Il meritoit le bien que le Ciel luy enuoye,
Mais qu'entends ie venir: ie croy que cette ioye
Est commune au Hameau: voicy nostre blessé
Son Escuyer le suit son courroux est passé
Qu'elle troupe apres luy!

ACTE CINQVIESME.

SCENE DERNIERE.

PHEDON, ARMIDAN, ERASTE,
ELPIN, CLARICE, CELIDAN,
LVCIANE. FELISE.

Armidan parlant a Eraste.

A La fin ma prudence
Doit surpasser l'excés de t'on outrecuidance:
Tu voy que c'est vser d'vne extréme bonté
Apres le lasche trait de m'auoir affronté.
C'est à toy maintenant de voir à quoy t'inuite,
Le pardon dont j'absoubs vn si grand démerite:
D'vser d'autres discours ils seroient superflus:
Apres moy voy celuy qui t'oblige le plus;
Et pour vn si grand bien de te rendre ton maistre,
Resoubs toy maintenant de luy faire paraistre
En les occasions de respirer cet heur,
Qui te fasse à iamais son humble seruiteur.
Quand à moy cher amy qui retiras ma vie　*Parlant*
De la mort dont bien tost elle eust esté suiuie,　*à Phe-*
Ie t'offre ce present non que j'ose penser,　*don.*

Qu'il me soit suffisant pour te recompenser;
Mais pour seruir d'indice a la recognaissance
Que j'ay de te debuoir ma seconde naissance.
Et toy qui dans mon mal paraissant si humain,
D'vn souhait charitable as secondé sa main,
Comme autant redeuable autant je t'en presente
Et prens part au plaisir de ton' ame contente
De voir que ta Bergere accomplissant tes vœux,
Ne proteste aujourd'huy sinon ce que tu veux.
Enfin dressant mes pas où mon soing me r'appelle
Ie vous souhaitte à tous vne paix eternelle.

Parlant à Ce-lidan.

Il s'en va.

Eraste.

Et moy qui le doibs suiure en vn souhaict esgal
Ie suis vostre obligé pour n'estre plus riual.

Il s'en va.

Felise.

Moy j'attends vn supplice à ma faute commise
Qui me laue d'icelle en mon sang:

Celidan.

Non Felise:
Ie trouue ce jourd'huy dans le ressentiment
Qui te tient de ton crime assez de chastiment.
Et le Ciel se monstrant contraire à ton enuie
T'exempte de supplice en preseruant ma vie.
Ie sçay bien toutesfois que ton intention
N'estoit de m'en priuer: mais de l'affection
Qui te seruoit d'obstacle à celle que ta flamme
Taschoit journellement d'inspirer à mon ame.
Regarde seulement qu'on ne peut inuenter
D'effort assez puissant qui m'en fist desister.

Felise.

Ie confesse à present vostre extreme constance
Prenez donc pour ma peine aussi ma repentance.
Et vous belle Bergere en satisfaction
De ma faute, prenez la mesme intention,
Vn supplice en l'estat auquel je me presente
N'est pour vostre riualle, ains pour vostre seruante.

Parlant à Luciane.

Luciane.

Le desplaisir en moy pour jamais effacé
Me faict mettre en oubly tout ce qui s'est passé
Ne t'en mets point en peine : & prens part à la joye
Que le Ciel tout benin maintenant nous enuoye.
Car puis que ie possede vn si constant Berger
Il n'est rien desormais qui me puisse affliger.

Celidan.

Et je jouys d'vn bien preferable à tout autre
Iouyssant du bonheur qui me faict dire vostre.
Cet anneau de rechef vous asseure ma foy.

Il luy baille l'anneau qu'il auoit reçeu du Caualier.

Luciane.

Et pour le reciprocque ayez vn cœur de moy.

Elpin.

Bergere vostre Elpin autant vous en presente.

Parlant à Clarice.

Clarice.

Qu'est-il apres cela dont je sois plus contente!

Phedon.

Ie reçois vn plaisir qu'on ne peut rapporter
De voir chascun de vous ainsi se contenter.
Et qu'apres les trauaux d'vne amoureuse flamme
Vous donnez à la fin vn repos à vostre ame.

Mais j'aurois (pour parler selon mon sentiment)
Comme plus d'interest plus de contentement,
Si je pouuois auoir aussi quelque Maistresse
Qui me fust comme à vous vn subject d'allegresse.
Et pour vous aduoüer pourquoy je parle ainsi,
C'est que je voy Felise en extreme soucy.
Pour estre sans Berger comme moy sans Bergere.
On sçait que je ne suis de lignée estrangere.
Vn chascun sçait mon bien dedans nostre hameau.
Qu'elle reçoiue donc mon cœur & cet anneau.

Celidan.

Autant qu'auantageux cet offre est acceptable
Felise? en ce subject vn refus est blasmable.

Elpin.

Ie croy qu'on n'y sçauroit former de different.

Felise.

I'accepte cet honneur, puis que Phedon me prend
Pour digne d'iceluy dans si peu de merite
Comment peut-il trouuer aucun subject d'eslite.

Phedon.

C'estoit le seul moyen pour me rendre en effect
Auec vostre plaisir vn plaisir tout parfaict.

FIN.

PERMISSION.

PERMISSION.

NOVS NICOLAS DESAIN-
CTEMARTHE, Conseiller du
Roy, Lieutenant General en la Senes-
chauſſée de Poictou, Auons permis &
permettons à Abraham Mounin Imprimeur en ceſte Ville d'imprimer vn Liure
intitulé *la Luciane ou la Credulité blaſmable* Tragicomedie Paſtoralle, faicte par
le Sieur DE BENESIN, pour l'eſpace
de ſix années, & deffences ſont faictes à
tous les autres Imprimeurs & Libraires
de l'imprimer ou faire imprimer, vendre
ny debiter ladite *Luciane* d'autre impreſ-
ſion que celle dudit Mounin, ſur peine de
deux cens cinquante liures d'amande ap-
plicable la moitié aux quatre Mandians,
& l'autre moitié à l'Hoſpital, & de tous
les deſpens dommages & intereſts dudit
Mounin. Donné & faict à Poictiers le
10. jour de Iuillet 1634.

DESAINCTEMARTHE.